如果年少时没有读到这些经典，大有可能成为一个平庸的人。

每天都冒一点险

鲁迅 孙犁 萧红 等著

中国纺织出版社

图书在版编目（CIP）数据

每天都冒一点险 / 鲁迅等著 . -- 北京：中国纺织出版社，2018.3 （2020.6 重印）

（青少年名家经典阅读）

ISBN 978-7-5180-4775-8

Ⅰ . ①每… Ⅱ . ①鲁… Ⅲ . ①散文集—中国—现代②散文集—中国—当代 Ⅳ . ① I266

中国版本图书馆 CIP 数据核字（2018）第 042494 号

责任编辑：李凤琴　　　　责任印制：王艳丽

中国纺织出版社出版发行

地址：北京市朝阳区百子湾东里 A407 号楼 邮政编码：100124

邮购电话：010 — 87155894 传真：010 — 87155801

http: //www. c–textilep. com

E–mail: faxing @ c–textilep. com

北京通天印刷有限责任公司印刷 各地新华书店经销

2018 年 4 月第 1 版　2020 年 6 月第 3 次印刷

开本：710 ×1000 1/16 印张：12

字数：160 千字 定价：32.00 元

精彩语句

热情，一遇到实践，就必须变成勤于学习，克服困难；若是动不动就低下头去，不战而退，还算什么热情呢？

我有我的爱与不爱，存在我自己心里。我爱念什么就念，有什么心得我自己知道，这是种享受，虽然显得自私一点。

我是“永远有备”；如果我在十点要站岗，我在九点就准备好了：从来没有任何人或任何事在等候我片刻时光。

一个人也就是他所享乐的东西，所以无数美术家和以技取悦的人，无论现尚生存或久已物故，有名无名，崇高粗俗，都是生活在他的身上。

相信自己，靠自己，随时随地尽自己的一份儿往最好里去做，让自己活得有意思，一时一刻一分一秒都有意思。

特别是演戏，若不能忘记自己，那非糟不可。这个得勉强自己，训练自己；训练越好，越“逼真”，越美，越能感染读者和观众。

生活是种律动，须有光有影，有左有右，有晴有雨；滋味就含在这变而不猛的曲折里。

所谓真忙，如写情书，如种自己的地，如发现九尾彗星，如在灵感下写诗作画，虽废寝忘食，亦无所苦。这是真正的工作，只有这种工作才能产生伟大的东西与文化。

世上无人人必读的书，只有在某时某地，某种环境，和生命中的某个时期必读的书。读书和婚姻一样，是命运注定的或阴阳注定的。

目 录 ▸▸
CONTENTS

第一章 去犯错，去跌倒，去胜利

第二章 使生命更有意义

第三章 在平淡的生活中，求一点上进

第四章 人可以不完美，但可以很精彩

第一部分

去犯错，去跌倒，去胜利

多少人一遇到挫折，就一蹶不振、自怜自艾，只会抱怨生活的不公；多少人从高处跌落，不想着去振作，却把剩下的日子全部用来回忆。别怕，去生活，去犯错，去跌倒，去胜利。

四位先生

老舍

吴组缃先生的猪

从青木关到歌乐山一带，在我所认识的文友中要算吴组缃先生最为阔绰。他养着一口小花猪。据说，这小动物的身价，值六百元。

每次我去访组缃先生，必附带地向小花猪致敬，因为我与组缃先生核计过了：假若他与我共同登广告卖身，大概也不会有人，出六百元来买！

有一天，我又到吴宅去。给小江——组相缃先生的少爷——买了几个比醋还酸的桃子。拿着点东西，好搭讪着骗顿饭吃，否则就大不好意思了。一进门，我看见吴太太的脸比晚日还红。我心里一想，便想到了小花猪。假若小花猪丢了，或是出了别的毛病，组缃先生的阔绰便马上不存在了！一打听，果然是为了小花猪：它已绝食一天了。我很着急，急中生智，主张给它点奎宁吃，恐怕是打摆子。大家都不赞同我的主张。我又建议把它抱到床上盖上被子睡一觉，出点汗也许就好了；焉知道不是感冒呢？这年月的猪比人还娇贵呀！大家还是不赞成。后来，把猪医生请来了。我颇兴奋，要看看猪怎么吃药。猪医生把一些草药包在竹筒的大厚皮儿里，使小花猪横衔着，两头向后束在脖子上：这样，药味与药汁便慢慢走入里边去。把药包儿束好，小花猪的口中好像生了两个翅膀，倒并不难看。

虽然吴宅有此骚动，我还是在那里吃了午饭——自然稍微的有点不得劲儿！

过了两天，我又去看小花猪——这回是专程探病，绝不为看别人；我知道现在猪的价值有多大——小花猪口中已无那个药包，而且也吃点东西了。大家都很高兴，我就又就棍打腿地骗了顿饭吃，并且提出声明：到冬天，得分给我几斤腊肉；组缃先生与太太没加任何考虑便答应了。吴太太说："几斤？十斤也行！想想看，哪天它要是一病不起------"大家听罢，都出了冷汗！

马宗融先生的时间观念

马宗融先生的表大概是、我想是一个装饰品。无论约他开会，还是吃饭，他总迟到一个多钟头，他的表并不慢。

来重庆，他多半是住在白象街的作家书屋。有的说也罢，没的说也罢，他总要谈到夜里两三点钟。假若不是别人都困得不出一声了，他还想不起上床去。有人陪着他谈，他能一直坐到第二天夜里两点钟。表、月亮、太阳，都不能引起他注意到时间。

比如说吧，下午三点他须到观音岩去开会，到两点半他还毫无动静。"宗融兄，不是三点，有会吗？该走了吧？"有人这样提醒他，他马上去戴上帽子，提起那有茶碗口粗的木棒，向外走。"七点吃饭。早回来呀！"大家告诉他。他回答声"一定回来"，便匆匆地走出去。

到三点的时候，你若出去，你会看见马宗融先生在门口与一位老太婆，或是两个小学生，谈话儿呢！即使不是这样，他在五点以前也不会走到观音岩。路上每遇到一位熟人，便要谈，至少有十分钟的话。若遇上打架吵嘴的，他得过去解劝,还许把别人劝开,而他与另一位劝架的打起来！遇上某处起火，他得帮着去救。有人追赶扒手，他必然得加入，非捉到不可。看见某种新东西，他得过去问问价钱，不管买与不买。看到戏报子，马上他去借电话，问还有票没有……这样，他从白象街到观音岩，可以走一天，幸而他记得开会那件事，所以只走两三个钟头，到了开会的地方，即使大家已经散了会，他也得坐两点钟，他跟谁都谈得来，都谈得有趣，很亲切，很细腻。有人刚买一条绳子，他马上拿过来练习跳绳——五十岁了啊！

七点,他想起来回白象街吃饭,归路上,又照样地劝架,救人,追贼,问物价，打电话……至早，他在八点半左右走到目的地。满头大汗，三步当作两步走的。他走了进来，饭早已开过了。

所以,我们与友人定约会的时候,若说随便什么时间,早晨也好,晚上也好，反正我一天下出门，你哪时来也可以，我们便说“马宗融的时间吧”！

姚蓬子先生的砚台

作家书屋是个神秘的地方，不信你交到那里一份文稿，而三五日后再亲自去索回，你就必定不说我扯谎了。

进到书屋，十之八九你找不到书屋的主人——姚蓬子先生。他不定在哪里藏着呢。他的被褥是稿子，他的枕头是稿子，他的桌上、椅上、窗台上……全是稿子。简单地说吧，他被稿子埋起来了。当你要稿子的时候，你可以看见一个奇迹。假如说尊稿是十张纸写的吧，书屋主人会由枕头底下翻出两张，由裤袋里掏出三张，书架里找出两张，窗子上揭下一张，还欠两张。你别忙，他会由老鼠洞里拉出那两张，一点也不少。

单说蓬子先生的那块砚台，也足够惊人了！那是块无法形容的石砚。不圆不方，有许多角儿，有任何角度。有一点沿儿，豁口甚多，底子最奇，四周翘起，中间的一点凸出，如元宝之背，它会像陀螺似的在桌子乱转，还会一头高一头低地倾斜，如浪中之船。我老以为孙悟空就是由这块石头跳出去的！

到磨墨的时候，它会由桌子这一端滚到那一端，而且响如快跑的马车。我每晚十时必就寝，而对门儿书屋的主人要办事办到天亮。从十时到天亮，他至少有十次，一次比一次响——到夜最静的时候，大概连南岸都感到一点震动。从我到白象街起，我没做过一个好梦，刚一入梦，砚台来了一阵雷雨，梦为之断。在夏天，砚一响，我就起来拿臭虫。冬天可就不好办，只好咳嗽几声，使之闻之。

现在，我已交给作家书屋一本书，等到出版，我必定破费几十元，送给书屋主人一块平底的，不出声的视台！

何容先生的戒烟

首先要声明：这里所说的烟是香烟，不是鸦片。

从武汉到重庆，我老同何容先生在一间屋子里，一直到前年八月间。在武汉的时候，我们都吸“大前门”或“使馆”牌；大小“英”似乎都不够味儿。到了重庆，小大“英”似乎变了质，越来越“够”味儿了，“前门”与“使馆”倒仿佛没了什么意思。慢慢的，“刀”牌与“哈德门”又变成我们的朋友，而与小大“英”，不管是谁的主动吧，好像冷淡得日悬一日，不久，“刀”牌与“哈德门”又与我们发生了意见，差不多要绝交的样子，何容先生就决心戒烟！

在他戒烟之前，我已声明过："先上吊。后戒烟！"本来吗，"弃妇抛雏"的流亡在外，吃不敢进大三元，喝么也不过是清一色（黄酒贵，只好吃点白干），女友不敢去交，男友一律是穷光蛋，住是二人一室，睡是臭虫满床，再不吸两枝香烟，还活着干吗？可是，一看何容先生戒烟，我到底受了感动，既觉自己无勇，又钦佩他的伟大；所以，他在屋里，我几乎不敢动手取烟，以免动摇他的坚决！

何容先生那天睡了十六个钟头，一枝烟没吸！醒来，已是黄昏，他便独自走出去。我没敢陪他出去，怕不留神递给他一枝烟，破了戒！掌灯之后，他回来了，满面红光，含着笑，从口袋中掏出一包土产卷烟来。"你尝尝这个，"他客气地让我，"才一个铜板一枝！有这个，似乎就不必戒烟了！没有必要！"把烟接过来，我没敢说什么，怕伤了他的尊严。面对面的，把烟燃上，我俩细细地欣赏。头一口就惊人，冒的是黄烟，我以为他误把爆竹买来了！听了一会儿，还好，并没有爆炸，就放胆继续地吸。吸了不到四五口，我看见蚊子都争着向外边飞，我很高兴。既吸烟，又驱蚊，太可贵了！再吸几口之后，墙上又发现了臭虫，大概也要搬家，我更高兴了！吸到了半支，何容先生与我也跑出去了，他低声地说："看样子，还得戒烟！"

何容先生二次戒烟，有半天之久。当天的下午，他买来了烟斗与烟叶。"几毛钱的烟叶，够吃三四天的，何必一定戒烟呢！"他说。吸了几天的烟斗，他发现了：（一）不便携带；（二）不用力，抽不到；用力，烟油射在舌头上；（三）费洋火；（四）须天天收拾，麻烦！有此四弊，他就戒烟斗，而又吸上香烟了。"始作卷烟者。其无后乎！"他说。

最近二年，何容先生不知戒了多少次烟了，而指头上始终是黄的。

又是一年芳草绿

老舍

悲观有一样好处，它能叫人把事情都看轻了一些。这个可也就是我的坏处，它不起劲，不积极。您看我挺爱笑不是？因为我悲观。悲观，所以我不能扳起面孔，大喊：“孤——刘备！”我不能这样。一想到这样，我就要把自己笑毛咕了。看着别人吹胡子瞪眼睛，我从脊梁沟上发麻，非笑不可。我笑别人，因为我看不起自己。别人笑我，我觉得应该；说得天好，我不过是脸上平润一点的猴子。我笑别人，往往招人不愿意；不是别人的量小，而是不象我这样稀松，这样悲观。我打不起精神去积极的干，这是我的大毛病。可是我不懒，凡是我该作的我总想把它作了，总算得点报酬养活自己与家里的人——往好了说，尽我的本分。我的悲观还没到想自杀的程度，不能不找点事作。有朝一日非死不可呢，那只好死喽，我有什么法儿呢？

这样，你瞧，我是无大志的人。我不想当皇上。最乐观的人才敢作皇上，我没这份胆气。

有人说我很幽默，不敢当。我不懂什么是幽默。假如一定问我，我只能说我觉得自己可笑，别人也可笑；我不比别人高，别人也不比我高。谁都有缺欠，谁都有可笑的地方。我跟谁都说得来，可是他得愿意跟我说；他一定说他是圣人，叫我三跪九叩报门而进，我没这个瘾。我不教训别人，也不听别人的教训。幽默，据我这么想，不是嬉皮笑脸，死不要鼻子。

也不是怎股子劲儿，我成了个写家。我的朋友德成粮店的写帐先生也是写家，我跟他同等，并且管他叫二哥。既是个写家，当然得写了。“风格即人”——还是“风格即驴”？——我是怎个人自然写怎样的文章了。于是有人管我叫幽默的写家。我不以这为荣，也不以这为辱。我写我的。卖得出去呢，多得个三块五块的，买什么吃不香呢。卖不出去呢，拉倒，我早知道指着写文章吃饭是不易的事。

稿子寄出去，有时候是肉包子打狗，一去不回头；连个回信也没有。这，咱只好幽默；多咱见着那个骗子再说，见着他，大概我们俩总有一个笑着去见阎王的，不过，这是不很多见的，要不怎么我还没想自杀呢。常见的事是这个，稿子登出去，酬金就睡着了，睡得还是挺香甜。直到我也睡着了，它忽然来了，仿佛故意吓人玩。数目也惊人，它能使我觉得自己不过值一毛五一斤，比猪肉还便宜呢。这个咱也不说什么，国难期间，大家都得受点苦，人家开铺子的也不容易，掌柜的吃肉，给咱点汤喝，就得念佛。是的，我是不能当皇上，焚书坑掌柜的，咱没那个狠心，你看这个劲儿！不过，有人想坑他们呢，我也不便拦着。

这么一来，可就有许争人看不起我。连好朋友都说：“伙计，你也硬正着点，说你是为人类而写作，说你是中国的高尔基；你太泄气了！”真的，我是泄气，我看高尔基的胡子可笑。他老人家那股子自卖自夸的劲儿，打死我也学不来。人类要等着我写文章才变体面了，那恐怕太晚了吧？我老觉得文学是有用的；

拉长了说，它比任何东西都有用，都高明。可是往眼前说，它不如一尊高射炮，或一锅饭有用。我不能吆喝我的作品是“人类改造丸”，我也不相信把文学杀死便天下太平。我写就是了。

别人的批评呢？批评是有益处的。我爱批评，它多少给我点益处；即使完全不对，不是还让我笑一笑吗？自己写的时候仿佛是蒸馒头呢，热气腾腾，莫名其妙。及至冷眼人一看，一定看出许多错儿来。我感谢这种指摘。说的不对呢，那是他的错儿，不干我的事。我永不驳辩，这似乎是胆儿小；可是也许是我的宽宏大量。我不便往自己脸上贴金。一件事总得由两面瞧，是不是？

对于我自己的作品，我不拿她们当作宝贝。是呀，当写作的时候，我是卖了力气，我想往好了写。可是一个人的天才与经验是有限的，谁也不敢保了老写的好，连荷马也有打盹的时候。有的人呢，每一拿笔便想到自己是但丁，是莎士比亚。这没有什么不可以的，天才须有自信的心。我可不敢这样，我的悲观使我看轻自己。我常想客观地估量估量自己的才力；这不易作到，我究竟不能像别人看我看得那样清楚；好吧，既不能十分看清楚了自己，也就不用装蒜，谦虚是必要的，可是装蒜也大可以不必。

对作人，我也是这样。我不希望自己是个完人，也不故意的招人家的骂。该求朋友的呢，就求；该给朋友作的呢，就作。作的好不好，咱们大家凭良心。所以我很和气，见着谁都能扯一套。可是，初次见面的人，我可是不大爱说话；特别是见着女人，我简直张不开口，我怕说错了话。在家里，我倒不十分怕太太，可是对别的女人老觉着恐慌，我不大明白妇女的心理；要是信口开河的说，我不定说出什么来呢，而妇女又爱挑眼。男人也有许多爱挑眼的，所以初次见面，我不大愿开口。我最喜辩论，因为红着脖子粗着筋的太不幽默。我最不喜欢好吹腾的人，可并不拒绝与这样的人谈话；我不爱这样的人，但喜欢听他的吹。最好是听着他吹，吹着吹着连他自己也忘了吹到什么地方去，那才有趣。

可喜的是有好几位生朋友都这么说："没见着阁下的时候，总以为阁下有八十多岁了。敢情阁下并不老。"是的，虽然将奔四十的人，我倒还不老。因为对事轻淡，我心中不大藏着计划，作事也无须要手段，所以我能笑，爱笑；天真的笑多少显着年青一些。我悲观，但是不愿老声老气的悲观，那近乎"虎事"。我愿意老年轻轻的，死的时候像朵春花将残似的那样哀而不伤。我就怕什么"权威"咧，"大家"咧，"大师"咧，等等，老气横秋的字眼们。我爱小孩，花草，小猫，小狗，小鱼；这些都不"虎事"。偶尔看见个穿小马褂的"小大人"，我能难受半天，特别是那种所谓聪明的孩子，让我难过。比如说，一群小孩都在那儿看变戏法儿，我也在那儿，单会有那么一两个七八岁的小老头说："这都是假的！"这叫我立刻走开，心里堵上一大块。世界确是更"文明"了，小孩也懂事懂得早了，可是我还愿意大家傻一点，特别是小孩。假若小猫刚生下来就会捕鼠，我就不再养猫，虽然它也许是个神猫。

我不大爱说自己，这多少近乎"吹"。人是不容易看清楚自己的。不过，刚过完了年，心中还慌着，叫我写"人生于世"，实在写不出，所以就近的拿自己当材料。万一将来我不得已而作了皇上呢，这篇东西也许成为史料，等着瞧吧。

生活，学习，工作

老舍

要想用一篇两三千字的短文，说尽自己在建国五年来所经历的，所学习的，所收获的，和所有的一切感想，一定不是容易作到的。

让我们像随便谈心那样，想起什么就说什么吧。用这个办法，也许不易写出一篇具有完美格局的小文，但是或者可能顺口答音地把心腹话说出来。真话总比美好的格局更要紧，不是吗？那么，就让我们这样试验一下吧。

五年来我写出了不少的东西来，主要的是话剧剧本和通俗的宣传文艺小段子。我本不会写话剧，这就难怪五年来所写的剧本都没有很高的艺术价值。可是，既自知不长于此道，又为什么偏要写呢？这就非说出我的心腹话不可了。话剧是用活人表演活人，可以教观众直接受到教育，登时受到感动与影响。用活人表演活人的目的必是直接地用人教育人。它直接地面对观众，收效必快。我热爱这个新社会。我渴望把自己所领悟到的赶紧告诉别人，使别人也有所领悟，也热爱这个新社会。政治热情激动了创作热情，我非写不可，不管我会写不会。

我必须说，我的政治思想水平并不怎么高。但是，只要我睁着眼，我就不能不看到新社会的一切建设，深深地受到感动。这样，多看到一点就多受一点感动，也就不可能不使政治热情日见增高。眼见为实，事实胜于雄辩，用不着别人说服我，我没法不自动地热爱这个新社会。新社会的人民是自由的，日子过得好，新社会的街道干净，有秩序；新社会的进展日新月异，一日千里；新社会的……这些，都是我亲眼所见，我就没法不兴奋，不快活，不热爱新人新事。除非我承认自己没有眼，没有心，我就不能不说新社会好，真好，比旧社会胜强十倍百倍。我怎能承认我没有眼，没有心呢！我能甘心作个自欺欺人的骗子么？这就说明了，我的政治热情是真的。那么，就写吧！谁能把好事关在心里，不说出来呢？

这样，写作难道没有困难么？有！咱们不说一句假话！

克服困难，不向困难低头，就是五年来我所看到的和领悟的新气象与新精神！前面我说过，新社会的进展一日千里，为什么这样快呢？就因为工、农、兵、教授、技师、干部，都不怕困难。有了这个精神，就可以移山倒海。的确，荆江分洪，官厅水库，成渝铁路，和其他的大工程，在我们现有的机械、技术的条件下，居然都能提前完成，难道不可与移山倒海相比么？别人能做到的，文学作家怎么就不能做到呢？我会学！初稿写得不好啊，我会接受别人的批评，用心去修改！热情，一遇到实践，就必须变成勤于学习，克服困难；若是动不动就低下头去，不战而退，还算什么热情呢？

也许有人要问了：一个老作家还要去学习，接受批评，难道不有失身份么？我说：勤于学习，勇于接受批评是光荣，而不是丢脸，是勇敢，而不是自卑！在一个新社会里，有什么比急起直追，争取吸收新知识新经验更可贵的呢？假若我在新社会里不肯前进，冷笑着放下笔墨，我不但失去身份，而且失去生命——写作的生命。

这么一说，就可以明白我为什么写那些通俗文艺的小段子，用具体的小故事宣传卫生，解释婚姻法，或破除迷信，等等。文章小，文章通俗，并不损失作者的身份，只要文章能到人民的手中去，发生好的作用。我匆忙中写出的一个不很好的通俗小歌剧，《柳树井》，在宣传婚姻法的时候，全国各地用各种民间的说唱形式上演了它。我不知道它究竟起了多大的作用，可是我知道它的确起了一些作用。这使我满意，满意我的小文章深入了民间，满意我能认识了为人民服务的重要。假若我也有不满意自己的地方，那就是这篇小歌剧写得并不十分好！

我也必须提到，无论我写大作品也好，小作品也好，我总受到领导上的无微不至的帮助。在国民党的黑暗统治下我是经常住在“沙漠”里。这就是说：我工作不工作，没人过问；我活着还是死去，没人过问。国民党只过问一件事——审查图书原稿。不，他们还管禁书和逮捕作家！今天，为写一点东西，我可以调阅多少文件，可以要求给我临时助手，可以得到参观与旅行的便利，可以要求首长们参加意见——当北京人民艺术剧院排演我的《春华秋实》话剧的时候，北京市三位市长都在万忙中应邀来看过两三次，跟我们商议如何使剧本更多一点艺术性与思想性。当我的《龙须沟》（并非怎么了不起的一本话剧）上演后，市长便依照市民的意见，给了我奖状。党与政府重视文艺，人民重视文艺，文艺工作者难道能够不高兴不努力么？我已有三十年的写作生活，可是只有在最近的五年中的新社会里我才得到一个作家应得的尊重。

在精神上我得到尊重与鼓舞，在物质上我也得到照顾与报酬。写稿有稿费，出书有版税，我不但不像解放前那样愁吃愁喝，而且有余钱去珍藏几张大画师齐白石老先生的小画，或买一两件残破而色彩仍然鲜丽可爱的康熙或乾隆时代的小瓶或小碗。在我的小屋里，我老有绘画与各色的磁器供我欣赏。在我的小院中，我有各种容易培植的花草。我有腿病，不能做激烈的运动，浇花种花就正合适。我现在已不住在“沙漠”里了！

我一年到头老不断地工作。除了生病，我不肯休息。我已经写了不少东西，可是还嫌写得太少。新社会里有多少新人新事可写啊！只要我肯去深入生活，无论是工、是农，还是兵，都有取之不尽，用之不竭的写作资料。每一工厂，每一农村，每一部队单位，都像一座宝山，奇珍异宝俯拾即是。要写工农兵，是给作家开辟了一个新的世界，多么现实，多么丰富，多么美丽的新世界啊！要为工农兵写，是给作家一个新的光荣任务。现在，我几乎不敢再看自己在解放前所发表过的作品。那些作品的内容多半是个人的一些小感触，不痛不痒，可有可无。它们所反映的生活，乍看确是五花八门；细一看却无关宏旨。那时候，我不晓得应当写什么，所以抓住一粒砂子就幻想要看出一个世界；我不晓得为谁写，所以把自己的一点感触看成天大的事情。这样，我就没法不在文字技巧上绕圈子，想用文字技巧遮掩起内容的空虚与生活的贫乏。今天，我有了明确的创作目的。为达到这个目的，我须去深入生活；难道深入生活是使作家吃亏的事么？只有从生活中掏出真东西来，我才真能自由地创作。在解放前，我为该写什么时常发愁，即使没有那个最厉害的图书审查制度，我也发愁——没有东西可写啊！今天，我可以自由地去体验生活；生活丰富了，我才能够自由地写作。假若我闭上眼不看现实的生活，而凭着幻想写点虚无缥缈的东西，那是浪费笔墨，不是自由——人民不看虚无缥缈的东西，人民愿意从作品中得到教育与娱乐，看到怎么过更美好幸福的日子的启示！

为了写成像样子有思想性与艺术性的作品，我老热心地参加北京文艺界的学习——政治学习与业务学习。在学习中，苏联的文艺理论与作品给了我很多很多的好处，使我对社会主义现实主义的文艺创作方法得到更明确一些的认识，并且读到运用这种方法写成的优美范本。

在体验生活、写作与学习之外，我也帮忙编辑《说说唱唱》——一个全国性的通俗文艺刊物。因编辑这个刊物，我接触到有关于民间文艺的种种问题，丰富了我对继承民间文艺传统和发扬文艺的民族风格等等的知识。从实际工作中得到了知识，也就得到了快乐。于此，我体会出“自觉的劳动”的意味。

因为接触到继承民族文艺传统等问题，我的那一点古典文艺知识就有了用处。我给《说说唱唱》的编辑部的和其他的青年朋友们时时讲解一下，帮助他们多了解一些古典文艺的好处，并就我所能理解的告诉他们怎样学习和怎样运用古典文艺遗产。毛主席的“百花齐放，推陈出新”的指示是正确而美丽的。我们的创作既不能故步自封，也不能粗卤地割断历史，既要有现实主义的内容，又要有多种多样的形式。

字数已经写够，可是并没有说尽五年来我的工作与生活情况，和由工作与生活中得到的快乐与经验，而且在文章格局上也显着杂乱无章。不过，假若我的确说出了几句心腹话，我也就不多管文章的好坏了。

静下来读读书

老舍

若是学者才准念书，我就什么也不要说了。大概书不是专为学者预备的；那么，我可要多嘴了。

从我一生下来直到如今，没人盼望我成个学者；我永远喜欢服从多数人的意见。可是我爱念书。

书的种类很多，能和我有交情的可很少。我有决定念什么的全权；自幼儿我就会逃学，楞挨板子也不肯说我爱《三字经》和《百家姓》。对，《三字经》便可以代表一类——这类书，据我看，顶好在判了无期徒刑以后去念，反正活着也没多大味儿。这类书可真不少，不知道为什么；也许是犯无期徒刑罪的太多；要不然便是太少——我自己就常想杀些写这类书的人。我可是还没杀过一个，一来是因为——我才明白过来——写这样书的人敢情有好些已经死了，比如写《尚书》的那位李二哥。二来是因为现在还有些人专爱念这类书，我不便得罪人太多了。顶好，我看是不管别人；我不爱念的就不动好了。好在，我爸爸没希望我成个学者。

第二类书也与咱无缘：书上满是公式，没有一个“然而”和“所以”。据说，这类书里藏着打开宇宙秘密的小金钥匙。我倒久想明白点真理，如地是圆的之类；可是这种书别扭，它老瞪着我。书不老老实实的当本书，瞪人干吗呀？我不能受这个气！有一回，一位朋友给我一本《相对论原理》，他说：明白这个就什么都明白了。我下了决心去念这本宝贝书。读了两个“配纸”，我遇上了一个公式。我跟它“相对”了两点多钟！往后边一看，公式还多了去啦！我知道和它们“相对”下去，它们也许不在乎，我还活着不呢？

可是我对这类书，老有点敬意。这类书和第一类有些不同，我看得出。第一类书不是没法懂，而是懂了以后使我更糊涂。以我现在的理解力——比上我七岁的时候，我现在满可以作圣人了——我能明白“人之初，性本善”。明白完了，紧跟着就糊涂了；昨儿个晚上，我还挨了小女儿——玫瑰唇的小天使——一个嘴巴。我知道这个小天使性本不善，她才两岁。第二类书根本就看不懂，可是人家的纸上没印着一句废话；懂不懂的，人家不闹玄虚，它瞪我，或者我是该瞪。我的心这么一软，便把它好好放在书架上；好打好散，别太伤了和气。

这要说到第三类书了。其实这不该算一类；就这么算吧，顺嘴。这类书是这样的：名气挺大，念过的人总不肯说它坏，没念过的人老怪害羞地说将要念。譬如说《元曲》，太炎“先生”的文章，罗马的悲剧，辛克莱的小说，《大公报》——不知是哪儿出版的一本书——都算在这类里，这些书我也都拿起来过，随手便又放下了。这里还就属那本《大公报》有点劲。我不害羞，永远不说将要念。好些书的广告与威风是很大的，我只能承认那些广告作得不错，谁管它威风不威风呢。

“类”还多着呢，不便再说；有上面的三项也就足以证明我怎样的不高明了。该说读的方法。

怎样读书，在这里，是个自决的问题；我说我的，没勉强谁跟我学。第一，我读书没系统。借着什么，买着什么，遇着什么，就读什么。不懂的放下，使我糊涂的放下，没趣味的放下，不客气。我不能叫书管着我。

第二，读得很快，而不记住。书要都叫我记住，还要书干吗？书应该记住自己。对我，最讨厌的发问是："那个典故是哪儿的呢？""那句书是怎么来着？"我永不回答这样的考问，即使我记得。我又不是印刷器养的，管你这一套！

读得快，因为我有时候跳过几页去。不合我的意，我就练习跳远。书要是不服气的话，来跳我呀！看侦探小说的时候，我先看最后的几页，省事。

第三，读完一本书，没有批评，谁也不告诉。一告诉就糟："嘿，你读《啼笑因缘》？"要大家都不读《啼笑因缘》，人家写它干吗呢？一批评就糟："尊家这点意见？"我不惹气。读完一本书再打通儿架，不上算。我有我的爱与不爱，存在我自己心里。我爱念什么就念，有什么心得我自己知道，这是种享受，虽然显得自私一点。

再说呢，我读书似乎只要求一点灵感。"印象甚佳"便是好书，我没工夫去细细分析它，所以根本便不能批评。"印象甚佳"有时候并不是全书的，而是书中的一段最入我的味；因为这一段使我对这全书有了好感；其实这一段的美或者正足以破坏了全体的美，但是我不去管；有一段叫我喜欢两天的，我就感谢不尽。因此，设若我真去批评，大概是高明不了。

第四，我不读自己的书，不愿谈论自己的书。"儿子是自己的好"，我还不晓得，因为自己还没有过儿子。有个小女儿，女儿能不能代表儿子，就不得而知。"老婆是别人的好"，我也不敢加以拥护，特别是在家里。但是我准知道，书是别人的好。别人的书自然未必都好，可是至少给我一点我不知道的东西。自己的，一提都头疼！自己的书，和自己的运气，好像永远是一对儿累赘。

第五，哼，算了吧。

我的苦学经验

丰子恺

我于一九一九年，二十二岁的时候，毕业于杭州的浙江省立第一师范学校。这学校是初级师范。我在故乡的高等小学毕业，考入这学校，在那里肄业五年而毕业。故这学校的程度，相当于现在的中学校，不过是以养成小学教师为目的的。

但我于暑假时在这初级师范毕业后，既不作小学教师，也不升学，却就在同年的秋季，来上海创办专门学校，而作专门科的教师了。这种事情，现在我自己回想想也觉得可笑。但当时自有种种的因缘，使我走到这条路上。因缘者何？因为我是偶然入师范学校的，并不是抱了作小学教师的目的而入师范学校的（关于我的偶然入师范，现在属于题外，不便详述。异日拟另写一文，以供青年们投考的参考。）故我在校中只是埋头攻学，并不注意于教育。在四年级的时候，我的兴味忽然集中在图画上了。甚至抛弃其他一切课业而专习图画，或托事请假而到西湖上去作风景写生。所以我在校的前几年，学期考试的成绩屡列第一名，而毕业时已降至第二十名。因此毕业之后，当然无意于作小学教师，而希望发挥自己所热衷的图画。但我的家境不许我升学而专修绘画。正在踌躇之际，恰好有同校的高等师范图画手工专修科毕业的吴梦非君，和新从日本研究音乐而归国的旧同学刘质平君，计议在上海创办一个养成图画音乐手工教员的学校，名曰专科师范学校。他们正在招求同人。刘君知道我热衷于图画而又无法升学，就来拉我去帮办。我也不自量力，贸然地答允了他。于是我就做了专科师范的创办人之一，而在这学校之中教授西洋画等课了。这当然是很勉强的事。我所有关于绘画的学识，不过在初级师范时偷闲画了几幅木炭石膏模型写生，又在晚上请校内的先生教些日本文，自己向师范学校的藏书楼中借得一部日本明治年间出版的《正则洋画讲义》，从其中窥得一些陈腐的绘画知识而已。

我犹记得，这时候我因为自己只有一点对于石膏模型写生的兴味，故竭力主张“忠实写生”的画法，以为绘画以忠实模写自然为第一要义。又向学生演说，谓中国画的不忠于写实，为其最大的缺点；自然中含有无穷的美，唯能忠实于自然模写者，方能发现其美。就拿自己在师范学校时放弃了晚间的自修课而私下在图画教室中费了十七小时而描成的维纳斯头像的木炭画揭示学生，以鼓励他们的忠实写生。当一九二〇年的时代，而我在上海的绘画专门学校中历行这样的画风，现在回想起来，真是闭门造车。然而当时的环境，颇能容纳我这种教法。因为当时中国宣传西洋画的机关绝少，上海只有一所美术专门学校，专科师范是第二个兴起者。当时社会上人士，大半尚未知道西洋画为何物，或以为美女月份牌就是西洋画的代表，或以为香烟牌子就是西洋画的代表。所以在世界上看来我虽然是闭门造车，但在中国之内，我这种教法大可卖野人头呢。但野人头终于不能常卖，后来我渐渐觉得自己的教法陈腐而有破绽了，因为上海宣传西洋画的机关日渐多起来，从东西洋留学归国的西洋画家也时有所闻了。我又在上海的日本书店内购得了几册美术杂志，从中窥知了一些最近西洋画界的消息，以及日本美术界的盛况，觉得从前在《正则洋画讲义》中所得的西洋画知识，实在太陈腐而狭小了。虽然别的绘画学校并不见有比我更新的教法，归国的美术家也并没有什么发表，但我对于自己的信用已渐渐丧失，不敢再在教室中扬眉顺目而卖野人头了。我懊悔自己冒昧地当了这教师。我在布置静物写生标本的时候，曾为了一只青皮的橘子而起自伤之念，以为我自己犹似一只半生半熟的橘子，现在带着青皮卖掉，给人家当作习画标本了。我想窥见西洋画的全豹，我也想到东西洋去留学，做了美术家而归国。但是我的境遇不许我留学。况且我这时候已经有了妻子。做教师所得的钱，赡养家庭尚且不够，哪里来留学的钱呢？经过了许久烦恼的日月，终于决定非赴日本不可。我在专科师范中当了一年半的教师，在一九二一年的早春，向我的姊丈周印池君借了四百块钱（这笔钱我才于二三年前还他。我很感谢他第一个惠我的同情），就抛弃了家庭，独自冒险地到东京去了。得去且去，以后的问题以后再说。至少，我用完了这四百块钱而回国，总得看一看东京美术界的状况了。

但到了东京之后，就有许多关切的亲戚朋友，设法接济我的经济。我的岳父给我约了一个一千元的会，按期寄洋钱给我，专科师范的同人吴刘二君，亦各以金钱相遗赠，结果我一共得了约二千块钱，在东京维持了足足十个月的用度，到了同年的冬季，金尽而返国。这一去称为留学嫌太短，称为旅行嫌太长，成了三不像的东西。同时我的生活也是三不像的。我在这十个月内，前五个月是上午到洋画研究会中去习画，下午读日本文。后五个月废止了日本文，而每日下午到音乐研究会中去学提琴，晚上又去学英文。然而各科都常常请假，拿请假的时间来参观展览会，听音乐会，访图书馆，看歌剧，以及游玩名胜，钻旧书店，跑夜摊。因为这时候我已觉悟了各种学问的深广，我只有区区十个月的求学时间，决不济事。不如走马看花，吸呼一些东京艺术界的空气而回国吧。幸而我对于日本文，在国内时已约略懂得一点，会话也早已学得了几声。到东京后，旅舍中唤茶、商店中买物等事，勉强能够对付。我初到东京的时候，随了众同国入东亚预备学校学习日语，嫌其程度太低，教法太慢，读了几个礼拜就辍学。自己异想天开，为了学习日本语的目的，向一个英语学校的初级班报名，每日去听讲两小时。他们是从 Aboy，Adog 教起的，所用的英文教本与开明第一英文读本程度相同。对于英文我已完全懂得，我的目的是要听这位日本先生怎样地用日本语来解说我所已懂得的英文，便在这时候偷取日本语会话的诀窍，这异想天开的办法果然成功了。我在那英语学校里听了一个月讲，果然于日语会话及听讲上获得了很多的进步。同时看书的能力也进步起来。本来我只能看《正则洋画讲义》一类的刻板的叙述体文字，现在连《不如归》和《金色夜叉》（日本旧时很著名的两部小说）都会读了。

我的对于文学的兴味，是从这时候开始的。以后我就为了学习英语的目的而另入一英语学校。我报名入最高的一班，他们教我读伊尔文的 Sketch Book。这时候我方才知道英文中有这许多难记的生字（我在师范学校毕业时只读到《天方夜谭》）。兴味一浓，我便嫌先生教得太慢。后来在旧书店里找到了一册 Sketch Book 讲义录，内有详细的注解和日译文，我确信这可以自修，便辍了学，每晚伏在东京的旅舍中自修 Sketch Book。我自己限定于几个礼拜之内把此书中所有一切生字抄写在一张图画纸上，把每字剪成一块块的纸牌，放在一只匣子中。每天晚上，像摸数算命一般地向匣子中探摸纸牌，温习生字。不久生字都记诵，Sketch Book 全部都会读，而读起别的英语小说来也很自由了。路上遇见英语学校的同学，问询知道他们只教了全书的几分之一，我心中觉得非常得意。从此我对于学问相信用机械的方法而下苦功。知识这样东西，要其能够于应用，分量原是有限的。我们要获得一种知识，可以先定一个范围，立一个预算，每日学习若干，则若干日可以学毕，然后每日切实地实行，非大故不准间断，如同吃饭一样。照我当时的求学的勇气预算起来，要得各种学问都不难：东西洋知名的几册文学大作品，我可以克日读完；德文法文等，我都可以依赖各种自修书而在最短时期内学得读书的能力；提琴教本 *Homahmn* 五册，我能每日练习四小时而在一年之内学毕；除了绘画不能硬要进步以外，其余的学问，在我都可以用机械的用功方法来探求其门径。然而这都是梦想，我的正式求学的时间只有十个月，能学得几许的学问呢？我回国之后，回想在东京所得的，只是描了十个月的木炭画，拉完了三本*Homahmn*，此外又带了一些读日本文和读英文的能力而回国。回国之后，我为了生活和还债，非操职业不可。没有别的职业可操，只得仍旧做教师。一直做到了今年的秋季。十年来我不断地在各处的学校中做图画音乐或艺术理论的教师。一场重大的伤寒病令我停止了教师的生活。现在蛰居在嘉兴的穷巷老屋中，伴着了药炉茶灶而写这篇稿子。

故我出了中学以后，正式求学的时期只有可怜的十个月。此后都是非正式的求学，即在教课的余暇读几册书而已。但我的绘画音乐的技术，从此日渐荒废了。因为技术不比别的学问，需要种种的设备，又需要每日不断地练习。研究绘画须有画室，研究音乐须有乐器，设备不周就无从用功。停止了几天，笔法就生疏，手指就僵硬。做教师的人，居处无定，时间又无定，教课准备又忙碌，虽有利用课余以研究艺术的梦想，但每每不能实行。日久荒废更甚。我的油画箱和提琴，久已高搁在书橱的最高层，其上积着寸多厚的灰尘了。手痒的时候，拿毛笔在废纸上涂抹，偶然成了那种漫画。口痒的时候，在口琴上吹奏简单的旋律，令家里的孩子们和着了唱歌，聊以慰藉我对于音乐的嗜好。世间与我境遇相似而酷嗜艺术的青年们，听了我的自述，恐要寒心吧！

但我幸而还有一种可以自慰的事，这便是读书。我的正式求学的十个月，给了我一些阅读外国文的能力。读书不像研究绘画音乐地需要设备，也不像研究绘画音乐地需要每日不断地练习。只要有钱买书，空的时候便可阅读。我因此得在十年的非正式求学期中读了几册关于绘画、音乐艺术等的书籍，知道了世间的一些些事。我在教课的时候，常把自己所读过的书译述出来，给学生们做讲义。后来有朋友开书店，我乘机把这些讲义稿子交他刊印为书籍，不期地走到了译著的一条路上。现在我还是以读书和译著为生活。回顾我的正式求学时代，初级师范的五年只给我一个学业的基础，东京的十个月间的绘画音乐的技术练习已付诸东流。独有非正式求学时代的读书，十年来一直随伴着我，慰藉我的寂寥，扶持我的生活。这真是以前所梦想不到的偶然的结果。我的一生都是偶然的，偶然入师范学校，偶然欢喜绘画音乐，偶然读书，偶然译著，此后正不知还要逢到何种偶然的机缘呢。

读我这篇自述的青年诸君！你们也许以为我的读书生活是幸运而快乐的；其实不然，我的读书是很苦的。你们都是正式求学，正式求学可以堂堂皇皇地读书，这才是幸运而快乐的。但我是非正式求学，我只能伺候教课的余暇而偷偷隐隐地读书。做教师的人，上课的时候当然不能读书，开议会的时候不能读书，监督自修的时候也不能读书，学生课外来问难的时候又不能读书，要预备明天的教授的时候又不能读书。担任了它一小时的功课，便是这学校的先生，便有参加议会、监督自修、解答问难、预备教授的义务；不复为自由的身体，不能随了读书的兴味而读书了。我们读书常被教务所打断，常被教务所分心，决不能像正式求学的诸君的专一。所以我的读书，不得不用机械的方法而下苦功，我的用功都是硬做的。

我在学校中，每每看见用功的青年们，闲坐在校园里的青草地上，或桃花树下，伴着了蜂蜂蝶蝶、燕燕莺莺，手执一卷而用功。我羡慕他们，真像潇洒的林下之士！又有用功的青年们，拥着绵被高枕而卧在寝室里的眠床中，手执一卷而用功。我也羡慕他们，真像耽书的大学问家！有时我走近他们去，借问他们所读为何书，原来是英文数学或史地理化，他们是在预备明天的考试。这使我更加要羡慕煞了。他们能用这样轻快闲适的态度而研究这类知识科学的书，岂真有所谓“过目不忘”的神力么？要是我读这种书，我非吃苦不可。我须得埋头在案上，行种种机械的方法而用笨功，以硬求记诵。诸君倘要听我的笨话，我愿把我的笨法子一一说给你们听。

在我，只有诗歌、小说、文艺，可以闲坐在草上花下或偃卧在眠床中阅读。要我读外国语或知识学科的书，我必须用笨功。请就这两种分述之。

第一，我以为要通一国的国语，须学得三种要素，即构成其国语的材料、方法，以及其语言的腔调。材料就是“单语”，方法就是“文法”，腔调就是“会话”。我要学得这三种要素，都非行机械的方法而用笨功不可。

“单语”是一国语的根底。任凭你有何等的聪明力，不记单语决不能读外国文的书，学生们对于学科要求伴着趣味，但谙记生字极少有趣味可伴，只得劳你费点心了。我的笨法子即如前所述，要读 Sketch Book，先把 Sketch Book 中所有的生字写成纸牌，放在匣中，每天摸出来记诵一遍。记牢了的纸牌放在一边，记不牢的纸牌放在另一边，以便明天再记。每天温习已经记牢的字，勿使忘记。等到全部记诵了，然后读书，那时候便觉得痛快流畅。其趣味颇足以抵偿摸纸牌时的辛苦。我想熟读英文字典，曾统计字典上的字数，预算每天记诵二十个字，若干时日可以记完。但终于未曾实行。倘能假我数年正式求学的日月，我一定已经实行这计划了。因为我曾仔细考虑过，要自由阅读一切的英语书籍，只有熟读字典是最根本的善法。后来我向日本购买一册《和英根底一万语》，假如其中一半是我所已知的，则每天记二十个字，不到一年就可记完，但这计划实行之后，终于半途而废。阻碍我的实行的，都是教课。记诵《和英根底一万语》的计划，现在我还保留在心中，等候实行的机会呢。我的学习日本语，也是用机械的硬记法。在师范学校时，就在晚上请校中的先生教日语。后来我买了一厚册的《日语完璧》，把后面所附的分类单语，用前述的方法一一记诵。当时只是硬记，不能应用，且发音也不正确；后来我到了日本，从日本人的口中听到我以前所硬记的单语，实证之后，我脑际的印象便特别鲜明，不易忘记。这时候的愉快也很可以抵偿我在国内硬记时的辛苦。这种愉快使我甘心消受硬记的辛苦，又使我始终确信硬记单语是学外国语的最根本的善法。

关于学习“文法”，我也用机械的笨法子。我不读文法教科书，我的机械的方法是“对读”。例如拿一册英文圣书和一册中文圣书并列在案头，一句一句地对读。积起经验来，便可实际理解英语的构造和各种词句的腔调。圣书之外，他种英文名著和名译，我亦常拿来对读。日本有种种英和对译丛书，左页是英文，右页是日译，下方附以注解。我曾从这种丛书得到不少的便利。文法原是本于论理的，只要论理的观念明白，便不学文法，不分 noun（名词）与 verb（动词）亦可以读通英文。但对读的态度当然是要非常认真。须要一句一字地对勘，不解的地方不可轻轻通过，必须明白了全句的组织，然后前进。我相信认真地对读几部名作，其功效足可抵得学校中数年英文教科。——这也可说是无福享受正式求学的人的自慰的话；能入学校中受先生教导，当然比自修更为幸福。我也知道入学是幸福的，但我真犯贱，嫌它过于幸福了。自己不费钻研而袖手听讲，由先生拖长了时日而慢慢地教去，幸福固然幸福了，但求学心切的人怎能耐烦呢？求学的兴味怎能不被打断呢？学一种外国语要拖长许久的时日，我们的人生有几回可供拖长呢？语言文字，不过是求学问的一种工具，不是学问的本身。学些工具都要拖长许久的时日，此生还来得及研究几许学问呢了？拖长了时日而学外国语，真是俗语所谓“拉得被头直，天亮了！”我固然无福消受入校正式求学的幸福，但因了这个理由，我也不愿消受这种幸福，而宁愿独自来用笨功。

关于“会话”，即关于言语的腔调的学习，我又喜用笨法子。学外国语必须通会话。与外国人对晤当然须通会话，但自己读书也非通会话不可。因为不通会话，不能体会语言的腔调；腔调是语言的神情所寄托的地方，不能体会腔调，便不能彻底理解诗歌、小说、戏剧等文学作品的精神。故学外国语必须通会话。能与外国人共处，当然最便于学会话。但我不幸而没有这种机会，我未曾到过西洋，我又是未到东京时先在国内自习会话的。我的学习会话，也用笨法子，其法就是“熟读”。我选定了一册良好而完全的会话书，每日熟读一课，克期读完。熟读的方法更笨，说来也许要惹人笑。我每天自己上一课新书，规定读十遍。计算遍数，用选举开票的方法，每读一遍，用铅笔在书的下端划一笔，便凑成一个字。不过所凑成的不是选举开票用的“正”字，而是一个“读” 字。例如第一天读第一课，读十遍，每读一遍画一笔，便在第一课下面画了一个“言”。字旁和一个“士”字头。第二天读第二课，亦读十遍，亦在第二课下面画一个 “言”字和一个“士”字，继续又把昨天所读的第一课温习五遍，即在第一课的下面加了一个“四”字。第三天在第三课下画一“言”字和“士”字，继续温习昨日的第二课，在第二课下面加一“四”字，又继续温习前日的第一课，在第一课下面再加了一个“目”字。第四天在第四课下面画一“言”字和一“士”字，继续在第三课下加一“四”字，第二课下加一“目”字，第一课下加一“八”字，到了第四天而第一课下面的“读”字方始完成。这样下去，每课下面的“读”字，逐一完成。“读”字共有二十二笔，故每课共读二十二遍，即生书读十遍，第二天温五遍，第三天又温五遍，第四天再温二遍。故我的旧书中，都有铅笔画成的“读”字，每课下面有了一个完全的“读”字，即表示已经熟读了。这办法有些好处：分四天温习，屡次反复，容易读熟。我完全信托这机械的方法，每天像和尚念经一般地笨读。但如法读下去，前面的各课自会逐渐地从我的唇间背诵出来，这在我又感得一种愉快，这愉快也足可抵偿笨读的辛苦，使我始终好笨而不迁。会话熟读的效果，我于英语尚未得到实证的机会，但于日本语我已经实证了。我在国内时只是笨读，虽然发音和语调都不正确，但会活的资料已经完备了。故一听到日本人的说话，就不难就自己所已有的资料而改正其发音和语调，比较到了日本而从头学起来的，进步快速得多。不但会话，我又常从对读的名著中选择几篇自己所最爱读的短文，把它分为数段，而用前述的笨法子按日熟读。例如斯蒂文生和夏目漱石的作品，是我所最喜熟读的材料。我的对于外国语的理解，和对于文学作品的理解，都因了这熟读的方法而增进一些。这益使我始终好笨而不迁了。——以上是我对于外国语的学习法。

第二，对于知识学科的书的读法，我也有一种见地：知识学科的书，其目的主要在于事实的报告；我们读史地理化等书，亦无非欲知道事实。凡一种事实，必有一个系统。分门别类，源源本本，然后成为一册知识学科的书。读这种书的第一要点，是把握其事实的系统。即读者也须源源本本地谙记其事实的系统，却不可从局部着手。例如研究地理，必须源源本本地探求世界共分几大洲，每大洲有几国，每国有何种山川形胜等。则读毕之后，你的头脑中就摄取了地理的全部学问的梗概，虽然未曾详知各国各地的细情，但地理是什么样一种学问，我们已经知道了。反之，若不从大处着眼，而孜孜从事于局部的记忆，即使你能背诵喜马拉雅山高几尺，尼罗河长几里，也只算一种零星的知识，却不是研究地理。故把握系统，是读知识学科的书籍的第一要点。头脑清楚而记忆力强大的人，凡读一书，能处处注意其系统，而在自己的头脑中分门别类，作成井然的条理；虽未看到书中详叙细事的地方，亦能知道这详叙位在全系统中哪一门哪一类哪一条之下，及其在全部中重要程度如何。这仿佛在读者的头脑中画出全书的一览表，我认为这是知识书籍的最良的读法。

但我的头脑没有这样清楚，我的记忆力没有这样强大。我的头脑中地位狭窄，画不起一览表来。倘教我闲坐在草上花下或偃卧在眠床中而读知识学科的书，我读到后面便忘记前面。终于弄得条理不分，心烦意乱，而读书的趣味完全灭杀了。所以我又不得不用笨法子。我可用一本笔记本来代替我的头脑，在笔记本中画出全书的一览表。所以我读书非常吃苦，我必须准备了笔记本和笔，埋头在案上阅读。读到纲领的地方，就在笔记本上列表，读到重要的地方，就在笔记本上摘要。读到后面，又须时时翻阅前面的摘记，以朗此章此节在全体中的位置。读完之后，我便抛开书籍，把笔记本上的一览表温习数次。再从这一览表中摘要，而在自己的头脑中画出一个极简单的一览表。于是这部书总算读过了。我凡读知识学科的书，必须用笔记本摘录其内容的一览表。所以十年以来，积了许多的笔记本，经过了几次迁居损失之后，现在的废书架上还留剩着半尺多高的一堆笔记本呢。

我没有正式求学的福分，我所知道于世间的一些些事，都是从自己读书而得来的；而我的读书，都须用上述的机械的笨法子。所以看见闲坐在青草地上、桃花树下，伴着了蜂蜂蝶蝶、燕燕莺莺而读英文数学教科书的青年学生，或拥着绵被高枕而卧在眠床中读史地理化教科书的青年学生，我羡慕得真要怀疑！

童年漫忆

孙犁

听说书

我的故乡的原始住户，据说是山西的移良，我幼小的时候，曾在去过山西的人家，见过那个移民旧址的照片，上面有一株老槐树，这就是我们祖先最早的住处。

我的家乡离山西省是很远的，但在我们那一条街上，就有好几户人家，以长年去山西做小生意，维持一家人的生活，而且一直传下好几辈。他们多是挑货郎担，春节也不回家，因为那正是生意兴隆的季节。他们回到家来，我记得常常是在夏秋忙季。他们到家以后，就到地里干活，总是叫他们的女人，挨户送一些小玩艺或是蚕豆给孩子们，所以我的印象很深。

其中有一个人，我叫他德胜大伯，那时他有四十岁上下。每年回来，如果是夏秋之间农活稍闲的时候，我们一条街上的人，吃过晚饭，坐在碾盘旁边去乘凉。一家大梢门两旁，有两个柳木门墩，德胜大伯常常被人们推请坐在一个门墩上面，给人们讲说评书，另一个门墩上，照例是坐一位年纪大辈数高的人，和他对称。我记得他在这里讲过《七侠五义》等故事，他讲得真好，就像一个专业艺人一样。

他并不识字，这我是记得很清楚的。他常年在外，他家的大娘，因为身材高，我们都叫她“大个儿大妈”。她每天挎着一个大柳条篮子，敲着小铜锣卖烧饼馃子。德胜大伯回来，有时帮她记记账，他把高粱的茎秆，截成笔帽那么长，用绳穿结起来，横挂在炕头的墙壁上，这就叫“账码”，谁赊多少谁还多少，他就站在炕上，用手推拨那些茎秆儿，很有些结绳而治的味道。

他对评书记得很清楚，讲得也很熟练，我想他也不是花钱到娱乐场所听来的。他在山西做生意，长年住在小旅店里，同住的人，干什么的人也有，夜晚没事，也许就请会说评书的人，免费说两段，为长年旅行在外的人们消愁解闷，日子长了，他就记住了全部。

他可能也说过一些山西人的风俗习惯，因为我年岁小，对这些没兴趣，都忘记了。

德胜大伯在做小买卖途中，遇到瘟疫，死在外地的荒村小店里。他留下一个独生子叫铁锤。前几年，我回家乡，见到铁锤，一家人住在高爽的新房里，屋里陈设，在全村也是最讲究的。他心灵手巧，能做木工，并且能在玻璃片上画花鸟和山水，大受远近要结婚的青年农民的欢迎。他在公社担任会计，算法精通。

德胜大伯说的是评书，也叫平话，就是只凭演说，不加伴奏。在乡村，麦秋过后，还常有职业性的说书人，来到街头。其实，他们也多半是业余的，或是半职业性的。他们说唱完了以后，有的由经管人给他们敛些新打下的粮食；

有的是自己兼做小买卖，比如卖针，在他说唱中间，由一个管事人，在妇女群中，给他卖完那一部分针就是了。这一种人，多是说快书，即不用弦子，只用鼓板。骑着一辆自行车，车后座做鼓架。他们不说整本，只说小段。卖完针，就又到别的村庄去了。

一年秋后，村里来了弟兄三个人，推着一车羊毛，说是会说书，兼有擀毡条的手艺。第一天晚上，就在街头说了起来，老大弹弦，老二说《呼家将》，真正的西河大鼓，韵调很好。村里一些老年的书迷，大为赞赏。第二天就去给他们张罗生意，挨家挨户去动员：擀毡条。他们在村里住了三四个月，每天夜晚说《呼家将》。冬天天冷，就把书场移到一家茶馆的大房子里。有时老二回老家运羊毛，就由老三代说，但人们对他的评价不高，另外，他也不会说《呼家将》。

眼看就要过年了，呼延庆的擂还没打成。每天晚上预告，明天就可以打擂了，第二天晚上，书中又出了岔子，还是打不成。人们盼呀，盼呀，大人孩子都在盼。村里娶儿聘妇要擀毡条的主，也差不多都擀了，几个老书迷，还在四处动员："擀一条吧，冬天铺在炕上多暖和呀！再说，你不擀毡条，呼延庆也打不了擂呀！"

直到腊月二十老几，弟兄三个看着这村里实在也没有生意可做了，才结束了《呼家将》。他们这部长篇，如果整理出版，我想一定也有两块大砖头那么厚吧。

第一个借给我《红楼梦》的人

我第一次读《红楼梦》，是十岁左右还在村里上小学的时候。我先在西头刘家，借到一部《封神演义》，读完了，又到东头刘家借了这部书。东西头刘家都是以屠宰为业，是一姓一家。刘姓在我们村里是仅次于我们姓的大户，其实也不过七八家，因为这是一个很小的村庄。

从我能记忆起，我们村里有书的人家，几乎没有。刘家能有一些书，是因为他们所经营的近似一种商业。农民读书的很少，更不愿花钱去买这些“闲书”。那时，我只能在庙会上看到书，书摊小贩支架上几块木板，摆上一些石印的，花纸或花布套的，字体非常细小，纸张非常粗黑的《三字经》、《玉匣记》，唱本、小说。这些书可以说是最普及的廉价本子，但要买一部小说，恐怕也要花费一两天的食用之需。因此，我的家境虽然富裕一些，也不能随便购买。我那时上学念的课本，有的还是母亲求人抄写的。

东头刘家有兄弟四人，三个在少年时期就被生活所迫，下了关东。其中老二一直没有回过家，生死存亡不知。老三回过一次家，还是不能生活，只在家过了一个年，就又走了，听说他在关东，从事的是一种非常危险的勾当。

家里只留下老大，他娶了一房童养媳妇，算是成了家。他的女人，个儿不高，但长得颇为端正俊俏，又喜欢说笑，人缘很好，家里长年设着一个小牌局，抽些油头，补助家用。男的还是从事屠宰，但已经买不起大牲口，只能剥个山羊什么的。

老四在将近中年时，从关东回来了，但什么也没有带回来。这人长得高高的个子，穿着黑布长衫，走起路来，“蛇摇担晃”。他这种走路的姿势，常常引起家长们对孩子的告诫，说这种走法没有根柢，所以他会吃不上饭。

他叫四喜，论乡亲辈，我叫他四喜叔。我对他的印象很好。他从东头到西头，扬长地走在大街上，说句笑话儿，惹得他那些嫂子辈的人，骂他“贼兔子”，他就越发高兴起来。他对孩子们尤其和气。有时，坐在他家那旷荡的院子里，拉着板胡，唱一段清扬悦耳的梆子，我们听起来很是入迷。他知道我好看书，就把他的一部《金玉缘》借给了我。

哥哥嫂子，当然对他并不欢迎，在家里，他已经无事可为，每逢集市，他就挟上他那把锋利明亮的切肉刀，去帮人家卖肉。他站在肉车子旁边，那把刀，在他手中熟练而敏捷地摇动着，那煮熟的牛肉、马肉或是驴肉，切出来是那样薄，就像木匠手下的刨花一样，飞起来并且有规律地落在那圆形的厚而又大的肉案边缘，这样，他在给顾客装进烧饼的时候，既出色又非常方便。他是远近知名的“飞刀刘四”。现在是英雄落魄，暂时又有用武之地。在他从事这种工作的时候，你可以看到，他高大的身材，在一层层顾客的包围下，顾盼神飞，谈笑自若。可以想到，如果一个人，能永远在这样一种状态中存在，岂不是很有意义，也很光荣。

等到集市散了，天也渐渐晚了，主人请他到饭铺吃一顿饱饭，还喝了一些酒。他就又挟着他那把刀回家去。集市离我们村只有三里路。在路上，他有些醉了，走起来，摇晃得更厉害了。

对面来了一辆自行车。他忽然对着人家喊：

“下来！”

“下来干什么？”骑自行车的人，认得他。

“把车子给我！”

“给你干什么？”

“不给，我砍了你！”他把刀一扬。

骑车子的人回头就走，绕了一个圈子，到集市上的派出所报了案。

他若无其事地回到家里，也许把路上的事忘记了。当晚睡得很香甜。第二天早晨，就被捉到县城里去。

那时正是冬季，农村很动乱，每天夜里，绑票的枪声，就像大年五更的鞭炮。专员正责成县长加强治安，县长不分青红皂白，就把他枪毙，作为成绩向上级报告了。他家里的人没有去营救，也不去收尸。一个人就这样完结了。

他那部《金玉缘》，当然也就没有了下落。看起来，是生活决定着他的命运，而不是书。而在我的童年时代，是和小小的书本同时，痛苦地看到了严酷的生活本身。

惟其是脆嫩

林徽因

活在这非常富于刺激性的年头里，我敢喘一口气说，我相信一定有多数人成天里为观察听闻到的，牵动了神经，从跳动而有血裹着的心底下累积起各种的情感，直冲出嗓子，逼成了语言到舌头上来。这自然丰富的累积，有时更会倾溢出少数人的唇舌，再奔进到笔尖上，另具形式变成在白纸上驰骋的文字。这种文字便全是我们这个时代的出产，大家该千万珍视它！

现在，无论在哪里，假如有一个或多种的机会，我们能把许多这种自然触发出来的文字，交出给同时代的大众见面，因而或能激动起更多方面，更复杂的情感，和由这情感而形成更多方式的文字；一直造成了一大片丰富而且有力的创作的田壤、森林、江山……产生结结实实的我们这个时代特有的表情和文章；我们该不该诚恳地注意到这机会或能造出的事业，各人将各人的一点点心血献出来尝试？

假使，这里又有了机会联聚起许多人，为要介绍许多方面的文字，更进而研讨文章的质的方面；或指出以往文章的历程，或讲究到各种文章上比较的问题，进而无形地讲究到程度和标准等问题，我又敢相信，在这种景况下定会发生更严重鼓励写作的主动力。使创作界增加问题，或许。惟其是增加了问题，才助益到创造界的活泼和健康。文艺绝不是蓬勃丛生的野草。

我们可否直爽地承认一桩事？创作的鼓动时常要靠着刊物把它的成绩布散出去吹风，晒太阳，和时代的读者把晤的。被风吹冷了，太阳晒萎了，固常有的事。被读者所欢迎，所冷淡，或误会，或同情，归根应该都是激动创造力的药剂！至于，一来就高举趾，二来就气馁的作者，每个时代都免不了有他们起落踪迹。这个与创作界主体的展动只成枝节问题。哪一个创作兴旺的时代缺得了介绍散布作品的刊物，同那或能同情，或不了解的读众？

创作品是不能不与时代见面的，虽然作者的名姓，则并不一定。伟大作品没有和本时代见面，而被他时代发现珍视的固然有，但也只是偶然例外的事。希腊悲剧是在几万人前面唱演的，莎士比亚的戏更是街头巷尾的粗人都看得到的。到有刊物时代的欧洲，更不用说，一首诗文出来人人争买着看，就是中国在印刷艰难的时候，也是什么“传诵一时”；什么“人手一抄”等……

创作的主力固在心底，但逼迫着这只有时间性的情绪语言而留它在空间里的，却常是刊物这一类的鼓励和努力所促成。

现走遍人间是能刺激起创作的主力。尤其在中国，这种日子，那一副眼睛看到了些什么，舌头底下不立刻紧急地想说话，乃至于歌泣！如果创作界仍然有点消沉寂寞的话——努力的少，尝试的稀罕——那或是有别的缘故而使然。我们问：能鼓励创作界的活跃性的是些什么？刊物是否可以救济这消沉的？努力过刊物的诞生的人们，一定知道刊物又时常会因为别的复杂原因而夭折的。它常是极脆嫩的孩儿……那么有创作冲动的笔锋，努力于刊物的手臂，此刻何不联在一起，再来一次合作逼着创造界又挺出一个新鲜的萌芽！

管它将来能不能成田壤，成森林，成江山，一个萌芽是一个萌芽。脆嫩？惟其是脆嫩，我们大家才更要来爱护它。

这时代是我们特有的，结果我们单有情感而没有表现这情绪的艺术，眼看着后代人笑我们是黑暗时代的哑子，没有艺术，没有文章，乃至于怀疑到我们有没有情感！

回头再看到祖宗传流下那神气的衣钵，怎不觉得惭愧！说世乱，杜老头子过的是什么日子！辛稼轩当日的愤慨当使我们同情！……何必诉，诉不完。难道现在我们这时代没有形形色色的人物，喜剧悲剧般的人生作题？难道我们现时没有美丽，没有风雅，没有丑陋，恐慌，没有感慨，没有希望？！难道连经这些天灾战祸，我们都不会描述，身受这许多刺骨的辱痛，我们都不会愤慨高歌迸出一缕滚沸的血流？！

难道我们真麻木了不成？难道我们这时代的语辞真贫穷得不能达意？难道我们这时代真没有学问真没有文章？！朋友们努力挺出一根活的萌芽来，记着这个时代是我们的。

想飞

徐志摩

假如这时候窗子外有雪——街上，城墙上，屋脊上，都是雪，胡同口一家屋檐下偎着一个戴黑兜帽的巡警，半拢着睡眼，看棉团似的雪花在半空中跳着玩……假如这夜是一个深极了的啊，不是壁上挂钟的时针指示给我们看的深夜，这深就比是一个山洞的深，一个往下钻螺旋形的山洞的深……

假如我能有这样一个深夜，它那无底的阴森捻起我遍体的毫管；再能有窗子外不住往下筛的雪，筛淡了远近间飏动的市谣；筛泯了在泥道上挣扎的车轮；筛灭了脑壳中不妥协的潜流……

我要那深，我要那静。那在树荫浓密处躲着的夜鹰，轻易不敢在天光还在照亮时出来睁眼。思想：它也得等。

青天里有一点子黑的。正冲着太阳耀眼，望不真，你把手遮着眼，对着那两株树缝里瞧，黑的，有榧子来大，不，有桃子来大——嘿，又移着往西了！

我们吃了中饭出来到海边去。（这是英国康槐尔极南的一角，三面是大西洋。）勖丽丽的叫响从我们的脚底下匀匀地往上颤，齐着腰，到了肩高，过了头顶，高入了云，高出了云。啊，你能不能把一种急震的乐音想象成一阵光明的细雨，从蓝天里冲着这平铺着青绿的地面不住地下？不，那雨点都是跳舞的小脚，安琪儿的。云雀们也吃过了饭，离开了它们卑微的地巢飞往高处做工去。上帝给它们的工作，替上帝做的工作。瞧着，这儿一只，那边又起了两只！一起就冲着天顶飞，小翅膀动活的多快活，圆圆的，不踌躇地飞，——它们就认识青天。一起就开口唱，小嗓子动活的多快活，一颗颗小精圆珠子直往外唾，亮亮地唾，脆脆地唾，——它们赞美的是青天。瞧着，这飞得多高，有豆子大，有芝麻大，黑剌剌的一屑，直顶着无底的天顶细细地摇，——这全看不见了，影子都没了！但这光明的细雨还是不住地下着……

飞。“其翼若垂天之云……背负苍天，而莫之夭阏者”；那不容易见着。我们镇上东关厢外有一座黄泥山，山顶上有一座七层的塔，塔尖顶着天。塔院里常常打钟，钟声响动时，那在太阳西晒的时候多，一枝艳艳的大红花贴在西山的鬓边回照着塔山上的云彩，——钟声响动时，绕着塔顶尖，摩着塔顶天，穿着塔顶云，有时一只两只，有时三只四只有时五只六只蜷着爪往地面瞧的“饿老鹰”，撑开了它们灰苍苍的大翅膀没挂恋似的在盘旋，在半空中浮着，在晚风中泅着，仿佛是按着塔院钟的波荡来练习圆舞似的。那是我做孩子时的“大鹏”。有时好天抬头不见一瓣云的时候听着哓忧忧的叫响，我们就知道那是宝塔上的饿老鹰寻食吃来了，这一想象半天里秃顶圆睛的英雄，我们背上的小翅膀骨上就仿佛豁出了一铿铿铁刷似的羽毛，摇起来呼呼响的，只一摆就冲出了书房门，钻入了玳瑁镶边的白云里玩儿去，谁耐烦站在先生书桌前晃着身子背早上的多难背的书！啊，飞！不是那在树枝上矮矮地跳着的麻雀儿的飞；不是那发天黑从堂匾后背冲出来赶蚊子吃的蝙蝠的飞；也不是那软尾巴软嗓子做窠在堂檐上的燕子的飞。要飞就得满天飞，风拦不住云挡不住地飞，一翅膀就跳过一座山头，影子下来遮得阴二十亩稻田的飞，到天晚飞倦了就来绕着那塔顶尖顺着风向打圆圈做梦……听说饿老鹰会抓小鸡！

飞。人们原来都是会飞的。天使们有翅膀，会飞，我们初来时也有翅膀，会飞。我们最初来就是飞了来的，有的做完了事还是飞了去，他们是可羡慕的。但大多数人是忘了飞的，有的翅膀上掉了毛不长再也飞不起来，有的翅膀叫胶水给胶住了再也拉不开，有的羽毛叫人给修短了像鸽子似的只会在地上跳，有的拿背上一对翅膀上当铺去典钱使过了期再也赎不回……真的，我们一过了做孩子的日子就掉了飞的本领。但没了翅膀或是翅膀坏了不能用是一件可怕的事。因为你再也飞不回去，你蹲在地上呆望着飞不上去的天，看旁人有福气的一程一程地在青云里逍遥，那多可怜。而且翅膀又不比是你脚上的鞋，穿烂了可以再问妈要一双去，翅膀可不成，折了一根毛就是一根，没法给补的。还有，单顾着你翅膀也还不定规到时候能飞，你这身子要是不谨慎养太肥了，翅膀力量小再也拖不起，也是一样难不是？一对小翅膀驮不起一个胖肚子，那情形多可笑！到时候你听人家高声地招呼说，朋友，回去吧，趁这天还有紫色的光，你听他们的翅膀在半空中沙沙地摇响，朵朵的春云跳过来拥着他们的肩背，望着最光明的来处翩翩的，冉冉的，轻烟似的化出了你的视域，像云雀似的只留下一泻光明的骤雨——“Thou art unseen but yet I hear thy shrill delight”——那你，独自在泥涂里淹着，够多难受，够多懊恼，够多寒伧！趁早留神你的翅膀，朋友？

是人没有不想飞的。老是在这地面上爬着够多厌烦，不说别的。飞出这圈子，飞出这圈子！到云端里去，到云端里去！哪个心里不成天千百遍地这么想？飞上天空去浮着，看地球这弹丸在大空里滚着，从陆地看到海，从海再看回陆地。凌空去看一个明白——这才是做人的趣味，做人的权威，做人的交代。这皮囊要是太重挪不动，就掷了它，可能的话，飞出这圈子，飞出这圈子！

人类初发明用石器的时候，已经想长翅膀。想飞。原人洞壁上画的四不像，它的背上掮着翅膀；拿着弓箭赶野兽的，他那肩背上也给安了翅膀。小爱神是有一对粉嫩的肉翅的。伊卡罗斯（Icarus）是人类飞行史里第一个英雄，第一次牺牲。安琪儿（那是理想化的人）第一个标记是帮助他们飞行的翅膀。那也有沿革——你看西洋画上的表现。最初像是一对小精致的令旗，蝴蝶似的粘在安琪儿们的背上，像真的，不灵动的。渐渐的翅膀长大了，地位安准了，毛羽丰满了。画图上的天使们长上了真的可能的翅膀。人类初次实现了翅膀的观念，彻悟了飞行的意义。伊卡罗斯闪不死的灵魂，回来投生又投生。人类最大的使命，是制造翅膀；最大的成功是飞！理想的极度，想象的止境，从人到神！诗是翅膀上出世的；哲理是在空中盘旋的。飞：超脱一切，笼盖一切，扫荡一切，吞吐一切。

你上那边山峰顶上试去，要是度不到这边山峰上，你就得到这万丈的深渊里去找你的葬身地！“这人形的鸟会有一天试他第一次的飞行，给这世界惊骇，使所有的著作赞美，给他所从来的栖息处永久的光荣。”啊达文謇！

但是飞？自从伊卡罗斯以来，人类的工作是制造翅膀，还是束缚翅膀？这翅膀，承上了文明的重量，还能飞吗？都是飞了来的，还都能飞了回去吗？钳住了，烙住了，压住了，——这人形的鸟会有试他第一次飞行的一天吗？……

同时天上那一点子黑的已经迫近在我的头顶，形成了一架鸟形的机器，忽的机沿一侧，一球光直往下注，砰的一声炸响——炸碎了我在飞行中的幻想，青天里平添了几堆破碎的浮云。

泰戈尔在我家

陆小曼

谁都想不到今年泰戈尔先生的八十大庆倒由我来提笔庆祝。人事的变迁太幻妙得怕人了。若是今天有了志摩，一定是他第一个高兴。只要看十年前老头儿七十岁的那一年，他在几个月前就坐立不安思念着怎样去庆祝，怎样才能使老头满意，所以他一定要亲自到印度去，而同时环境又使他不能离开上海，直急得搔头抓耳连笔都懒得动；一直到去的问题解决了，才慢慢地安静下来，后来费了几个月的工夫，才从欧洲一直转到印度，见到老头本人，才算了足心愿。归后他还说，这次总算称了我的心；等他八十岁的时候，请老人家到上海来才好玩呢！谁知一个青年人倒先走在老年人的前头去了。

本来我同泰戈尔是很生疏的，他第一次来中国的时候，我还未曾遇见志摩；虽然后来志摩同我认识之后，第一次出国的时候，就同我说此去见着泰戈尔一定要介绍给你，还叫我送一张照片给他；可是我脑子里一点感想也没有。一直到去了见着老人之后，寄来我一张字条，是老人的亲笔；当然除了夸赞几句别无他话，而在志摩信里所说的话，却使我对这位老人发生了奇怪的感想，他说老人家见了我们的相片之后，就将我的为人、脾气、性情都说了一个清清楚楚，好像已见着我的人一样；志摩对于这一点尤其使他钦佩得五体投地；恨不能立刻叫我去见他老人家。同时他还叫志摩告诉我，一二年后，他一定要亲自来我家，希望能够看见我，叫我早一点预备。自从那时起，我心里才觉得老人家真是一个奇人，文学家而同时又会看相！也许印度人都能一点幻术的吧。

我同志摩结婚后不久，他老人家忽然来了一个电报，说一个月后就要来上海，并且预备在我家下榻。好！这一下可忙坏了我们了；两个人不知道怎样办才好。房子又小；穷书生的家里当然没有富丽堂皇的家具，东看看也不合意，西看看也不称心，简单的楼上楼下也寻不出一间可以给他住的屋子。回绝他，又怕伤了他的美意；接受他，又没有地方安排。一个礼拜过去还是一样都没有预备，只是两个人相对发愁。正在这个时候，电报又来了，第二天的下午船就到上海。这一下可真抓了瞎了，一共三间半屋子，又怕他带的人多，不够住，一时搬家也来不及，结果只好硬着头皮去接了再说。

一到码头，船已经到了。我们只见码头上站满了人，五颜六色的人头，在阳光下耀得我眼睛都觉得发花！我奇怪得直叫起来，怎么今天这儿尽是印度阿三呀！他们来开会么？志摩说："你真糊涂，这不是来接老人家的么？"我这才明白过来，心里不由地暗中发笑，志摩怎么喜欢同印度人交朋友。我心里一向钦佩之心到这个时候竟有一点儿不舒服起来了，因为我平时最怕看见的是马路上的红头阿三，今天偏要叫我看见这许多的奇形怪状的人，绿沉沉的眼珠子，一个个对着我们两个人直看，看得我躲在志摩的身边连动也不敢动。那时除了害怕，别的一切都忘怀了，连来做什么的都有点糊涂。一直到挤进了人丛，来到船板上，我才喘过一口气来，好像大梦初醒似的，经过船主的招呼，才知道老人家的房间。

志摩是高兴得连跑带跳的一直往前走，简直连身后的我都忘了似的，一直往一间小屋子就钻，我也只好悄悄地跟在后边；一直到走进一间小房间，我才看见他正在同一个满头白发的老人握手亲近，我才知道那一定就是他一生最崇拜的老诗人。留心上下的细看，同时心里感着一阵奇特的意味，第一感觉的，就是怎么这个印度人生得一点也不可怕？满脸一点也不带有普通印度人所有的凶恶的目光，脸色也不觉得奇黑，说话的音调更带有一种不可言喻的美，低低的好似出谷的黄莺，在那儿婉转娇啼，笑眯眯地对着我直看。我那时站在那儿好像失掉了知觉，连志摩在旁边给我介绍的话都没听见，也不上前，也不退后，只是直着眼对他看；连志摩在家中教好我的话都忘记说，还是老头儿看出我反常的情形，慢慢的握着我的手细声低气的向我说话。

在船里我们就谈了半天，老头儿对我格外的亲近，他一点儿也没有骄人的气态，我告诉他我家里实在小得不能见人，他反说他愈小愈喜欢，不然他们同胞有的是高厅大厦请他去住，他反要到我家里去吗？这一下倒使我不能再存丝毫客气的心，只能遵命陪他回到我们的破家。他一看很满意，我们特别为他预备的一间小印度房间他反不要，倒要我们让他睡我们两人睡的破床。他看上了我们那顶有红帐子的床，他说他爱它的异乡风味。他们的起居也同我们一样，并没欧美人特别好洁的样子，什么都很随便。只是早晨起得特别早，五时一定起身了，害得我也不得安睡。他一住一个星期，倒叫我见识不少，每次印度同胞请吃饭，他一定要带我们同去，从未吃过的印度饭，也算吃过几次了，印度的阔人家里也去过了，真有许多不同的地方。同时还要在老头儿休息的时候，陪着他带来的书记去玩；那时情况真是说不出的愉快，志摩更是乐得忘其所以，一天到晚跟着老头子转。虽然住的时间并不长，可是我们三人的感情因此而更加亲热了。

这个时候志摩才答应他到八十岁的那年一定亲去祝寿，谁知道志摩就在去的第二年遭难。老人家这时候听到这种霹雳似的恶信，一定不知怎样痛惜的吧。本来也难怪志摩对他老人家特别的敬爱，他对志摩的亲挚也是异乎平常，不用说别的，一年到头的信是不断的。只可惜那许多难以得着的信，都叫我在摩故后全部遗失了，现在想起来也还痛惜！因为自得噩耗后，我是一直在迷雾中过日子，一切身外之物连问都不问，不然今天我倒可以拿出不少的纪念品来，现在所存的，就是附印在这里泰戈尔为我们两人所作的一首小诗和那幅名贵的自画像而已。

赤诚的心，真挚的情

郁达夫

因为从小的教育，是在敌国受的缘故，旅居十余年，其间自然有了不少的日本朋友。回国以后，在福州、上海、杭州等处闲居的中间，敌国的那些文武官吏，以及文人学者，来游中国，他们大抵总要和我见见谈谈。别的且不提，就说这一次两国交战中的许多将领，如松井石根、长谷川、阿部等，他们到中国来，总来看我，而我到日本去，也是常和他们相见的。

七七抗战事发，和这些敌国友人，自然不能再讲私交了；虽然，关于我个人的消息，在他们的新闻杂志上，也间或被提作议论。甚至在战后我的家庭纠纷，也在敌国的文艺界，当成了一个话柄。而在《大风》上发表的那篇《毁家诗纪》，亦经被译载在本年度一月号的《日本评论》皇纪二千六百年纪念大特辑上。按之春秋之义，对这些我自然只能以不问的态度置之。

这一回 ，可又接到了东京读卖新闻社学艺部的一封来信，中附有文艺批评家新居格氏致我的一封公开状的原稿。编者还再三恳请，一定要我对新居格氏也写一篇同样的答书。对此我曾经考虑得很久，若置之不理呢，恐怕将被人笑我小国民的悻悻之情，而无君子之宽宏大量；若私相授受，为敌国的新闻杂志撰文，万一被歪曲翻译，像去作为宣传的材料呢？

则第一，就违背了春秋之义；第二 ，也无以对这次殉国的我老母胞兄等在天之灵。所以到了最后，我才决定，先把来书译出在此，然后仍以中文作一答复，披露在我自编的这《晨星》栏里，将报剪下寄去，庶几对于公谊私交，或可勉求其两全。

现在，先将新居氏的公开状，翻译在下面。

寄郁达夫君：

我现在正读完了冈崎俊夫君译的你那篇很好的短篇小说《过去》，因此机缘，在我的脑里，又展开了过去关于你的回想。

与你最初的相见，大约总有十几年了吧。还记得当时由你的领导，去玩了上海南市的中国风的公园，在静安寺的那闲静的外国坟山里散了步；更在霞飞路的一角，一家咖啡馆里小憩了许多时。

在这里，你曾告诉我，这是中国近代的知识界的男女常来的地方，而你自己也将于最近上安徽大学去教书。

我再问你去“讲的是什么呢？”你说“将去讲《源氏物语》，大约将从《桐壶》的一卷讲起吧！”直到现在，也还没有完全读过《源氏物语》的我，对你的这一句话，实在感到了一种惊异，于是话头就转到了中国的可与《源氏物语》匹敌的《红楼梦》，我说起了《红楼梦》的英译本，而你却说，那一个英文的译名 *Dreams of Red Chamber* 实在有点不大适当，我还记得你当时所说明的理由。

数年前，当我第二次去上海的时候，听说你已移住到了杭州。曾遇见了你的令兄郁华氏，他说："舍弟在两三日前，曾由杭州来过上海，刚于昨天回去。他若晓得你这次的来沪，恐怕是要以不能相见为怅的。"

但是，其后居然和你在东京有了见面的机会。因为日本的笔会开常会，招待了你和郭沫若君，来作笔会的客人，我于是在席上又得和你叙了一次之阔之情。

中日战争（达夫按：敌人通称作"日支事变"）起来了。

你不知现在在哪里？在做些什么？是我常常想起的事情。人与人之间的感情，是不会因两国之间所酿成的不幸事而改变的。这，不但对你如此，就是对我所认识的全部中国友人，都是同样的在这里想念。

我真在祈祷着，愿两国间的不幸能早一日除去，仍如以前一样，不，不，或者比以前更加亲密地，能使我们有互作关于艺术的交谈的机会。实际上，从事于文学的同志之间，大抵是能互相理解，互相信赖，披肝沥胆，而率直地来作深谈的；因为"人间性"是共通的问题。总之，是友好，日本的友人，或中国的友人等形容词，是用不着去想及的。

总而言之，两国间根本的和平转生，是冷的人与人之间相互信赖的结纽，战争是用不着的，政策也是用不着的。况且，在创造人的世界里，政策更是全然无用的东西，所以会通也很快。

老实说吧，我对于二十世纪的现状，真抱有不少的怀疑，我很感到这是政治家的言论时代。可是，这当然也或有不得不如此的理由在那里。那就足以证明人类生活之中，还有不少的缺陷存在着。但是创造人却不能放弃对这些缺陷，而加以创造的真正的重责，你以为这话对么？郁君！

于此短文草了之顷，我也在谨祝你的康健！

新居格

致新居格氏：

敬爱的新居君，由东京读卖新闻社学艺部，转来了你给我的一封公开状，在这两国交战中的今天，承你不弃，还在挂念到我的近状，对这友谊我是十分地在感激。

诚如你来书中之所说，国家与国家间，虽有干戈杀伐的不幸，但个人的友谊，是不会变的。岂但是个人间的友谊，我相信就是民众与民众间的同情，也仍是一样地存在着。在这里，我可以举一个例，日本的有许多因参加战争而到中国来的朋友，他们已经在重庆，在桂林，在昆明等地，受着我们的优待。他们自动地组织了广大的同盟，在演戏募款，营救我们的难民伤兵，也同我们在一道工作，想使真正的和平，早日到来。他们用日本话所演的戏，叫作《三兄弟》，竟也使我们的同胞看了为之落泪。新居君！人情是普天下都一样的。正义感，人道，天良，是谁也具有着的。王阳明先生的良知之说，到了今天，到了这杀伐惨酷的末日，也还是颠扑不破的真理！

日本国内的情状，以及你们所呼吸着的空气，我都明白；所以关于政治的话，关于时局的话，我在此地，可不必说。因为即使说了，你也决计不会看到。不过有一点，我可以告诉你，中国的老百姓（民众），却因这一次战争的结果，大大地进步了。他们知道了要团结，他们知道了要坚苦卓绝，忍耐到底。他们都有了“任何牺牲，也在所不惜”的决心。他们都把国家的危难，认作了自己的责任。因为战争是在中国的土地上在进行。飞机轰炸下所伤生的，都是他们的父老姊妹。日本的炸弹，提醒了他们的国族观念。

就以我个人来说罢，这一次的战争，毁坏了我在杭州在富阳的田园旧业，夺去了我七十岁的生身老母，以及你曾经在上海会见过的胞兄；藏书三万册，以及爱妻王氏，都因这一次的战争，离我而去了；但我对这种种，却只存了一个信心，就是“正义，终有一天，会来补偿我的一切损失”。

我在高等学校做学生的时代，曾经读过一篇奥国作家 Kleist 做的小说《米舍耳•可儿哈斯》，我的现在的决心，也正同这一位要求正义至最后一息的主人公一样。

你来信上所说的“对二十世纪现状的怀疑”，“人类生活还有很多的缺陷”，“我们创造者应该起来真正补足这些缺陷”，这是十二分的同感。现在中国的许多创造者们，已经在分头进行了这一步工作。中国的文艺，在这短短的三年之内，有了三百年的进步；中国的知识阶级，现在差不多个个都已经成了实际的创造者了。你假使能在目下这时候，来到中国内地（战地的后方），仔细观察一下，将很坦白地承认我这一句话的并不是空言。

中国所持的，是地大物博，人口众多；所差的是人心的不良。可是经过了这次战争的洗礼，所持的更发挥了它们的威光，所差的已改进到了十之八九 。民族中间的渣滓，已被浪淘净尽了；现在在后方负重致远的，都是很良好的国民。

中国的民众，原是最爱好和平的；可是他们也能辨别真正的和平与虚伪的和平不同。和平是总有一天会在东半球出现的，但他们觉得现在恐怕还不是时候。

新居君！你以为我在上面所说的，都是带着威胁性的大言状语么？不，决不，这些都是现在自由中国的现状，实情。不管这一篇文字，能不能达到你的眼前，我总想将现在我们的心状，环境，对你作一个无虚饰的报道。一半也可以使你晓得我及其他你的友人们的近状，一 半也可供作日本的民众的参考。看事情，要看实际，断不能老蒙在鼓里，盲听一面之辞，去上“民可使由之，不可使知之”的老当。

最后，我在日本的友人，实在也是很多；我在前四年去日本时所受的诸君的款待，现在也还历历地在我的心目中回旋。尤其是当我到了京都，一下车就上了奈良，去拜访了志贺直哉氏，致令京都的警察厅起了恐慌，找不到他们要负责保护的旅客一层，直到此刻，我也在抱歉。

因复书之便，我想顺手在此地提起一笔，敬祝那些友人们的康健。至于你呢，新居君，我想我们总还有握手欢谈的一天的。在那时候，我想一切阻碍和平，挑动干戈的魔物，总已经都上了天堂或降到地狱里去了。我们将以赤诚的心，真挚的情，来谈艺术，来为世界人类的一切缺陷谋弥补的方法。

郁达夫

第二部分

使生命更有意义

你想保持年轻吗？你希望自己有活力吗？你期待着清晨能在新生活的憧憬中醒来吗？有一个好办法——每天都冒一点险。

▶▶

早起

梁实秋

曾文正公说："做人从早起起。"因为这是每人每日所做的第一件事。这一桩事若办不到，其余的也就可想。记得从前俞平伯先生有两行名诗："被窝暖暖的，人儿远远的……。"在这"暖暖……远远……"的情形之下，毅然决然地从被窝里窜出来，尤其是在北方那样寒冷的天气，实在是不容易。惟以其不容易，所以那个举动被称为开始做人的第一件事。偎在被窝里不出来，那便是在做人的道上第一回败绩。

历史上若干嘉言懿行，也有不少是标榜早起的。例如，《颜氏家训》里便有"黎明即起"的句子。至少我们不会听说哪一个人为了早晨晏起而受到人的赞美。祖逖闻鸡起舞的故事是众所熟知的，但是我们不要忘了祖逖是志士，他所闻的鸡不是我们在天将破晓时听见的鸡啼，而是"中夜闻荒鸡鸣"。中夜起舞之后是否还回去再睡，史无明文，我想大概是不再回去睡了。黑茫茫的后半夜，舞完了之后还做什么，实在是不可想象的事。前清文武大臣上朝，也是半夜三更地进东华门，打着灯笼进去，不知是不是因为皇帝有特别喜欢起早的习惯。

西谚亦云："早出来的鸟能捉到虫儿吃。"似乎是晚出来的鸟便没得虫儿吃了。我们人早起可有什么好处呢？我个人是从小就喜欢早起的，可是也说不出有什么特别的好处，只是我个人的习惯而已。我觉得这是一个好习惯，可是并不说有这好习惯的人即是好人，因为这习惯虽好，究竟在做人的道理上还是比较的一桩小事。所以像韩复榘在山东省做主席时强迫省府人员清晨五时集合在大操场里跑步，我并不敢恭维。

我小时候上学，躺在炕上一睁眼看见窗户上最高的一格有了太阳光，便要急得哭啼，我的母亲匆匆忙忙给我梳了小辫儿打发我去上学。我们的学校就在我们的胡同里。往往出门之后不久又眼泪扑簌地回来，母亲问道："怎么回来了？"我低着头嗫嚅地回答："学校还没有开门哩！"这是五十多年前的事了，我现在想想，还是不知道为什么要那样性急。到如今，凡是开会或宴会之类，我还是很少迟到的。我觉得迟到是很可耻的一件事。但是我的心胸之不够开展，容不得一点事，于此也就可见一斑。

有人晚上不睡，早晨不起。他说这是"焚膏油以继晷"。我想，"焚膏油"则有之，日晷则在被窝里糟蹋不少。他说夜里万籁俱寂，没有搅扰，最宜工作，这话也许是有道理的。我想晚上早睡两个钟头，早上早起两个钟头，还是一样的，因为早晨也是很宜于工作的。我记得我翻译《阿伯拉与哀绿绮思的情书》的时候，就是趁太阳没出的时候搬竹椅在廊檐下动笔，等到太阳晒满半个院子，人声嘈杂，我便收笔，这样在一个月内译成了那本书，至今回忆起来还是愉快的。我在上海住几年，黎明即起，弄堂里到处是哗啦哗啦的刷马桶的声音，满街的秽水四溢，到处看得见横七竖八的露宿的人——这种苦恼是高枕而眠到日上三竿的人所没有的。有些个城市，居然到九十点钟而街上还没有什么动静，家家户户都门窗紧闭，行经其地如过废墟，我这时候只有暗暗地祝福那些睡得香甜的人，我不知道他们昨夜做了什么事，以至今天这样晚还不能起来。

我如今年事稍长，好早起的习惯更不易抛弃。醒来听见鸟啭，一天都是快活的。走到街上，看见草上的露珠还没有干，砖缝里被蚯蚓倒出一堆一堆的沙土，男的女的担着新鲜肥美的菜蔬走进城来，马路上有戴草帽的老朽的女清道夫，还有无数的青年男女穿着熨平的布衣精神抖擞地携带着“便当”骑着脚踏车去上班，——这时候我衷心充满了喜悦！这是一个活的世界，这是一个人的世界，这是生活！

就是学佛的人也讲究“早参”“晚参”。要此心常常摄持。曾文正公说做人从早起起，也是着眼在那一转念之间，是否能振作精神，让此心做得主宰。其实早起晚起本身倒没有什么了不得的利弊，如是而已。

时间即生命

梁实秋

最令人怵目惊心的一件事，是看着钟表上的秒针一下一下的移动，每移动一下就是表示我们的寿命已经缩短了一部分。再看看墙上挂着的可以一张张撕下的日历，每天撕下一张就是表示我们的寿命又缩短了一天。因为时间即生命。没有人不爱惜他的生命，但很少人珍视他的时间。如果想在有生之年做一点什么事，学一点什么学问，充实自己，帮助别人，使生命成为有意义，不虚此生，那么就不可浪费光阴。这道理人人都懂，可是很少人真能积极不懈的善为利用他的时间。

我自己就是浪费了很多时间的一个人。我不打麻将，我不经常的听戏看电影，几年中难得一次，我不长时间看电视，通常只看半个小时，我也不串门子闲聊天。有人问我："那么你大部分时间都做了些什么呢？"我痛自反省，我发现，除了职务上的必须及人情上所不能免的活动之外，我的时间大部分都浪费了。我应该集中精力，读我所未读过的书，我应该利用所有时间，写我所要写的东西。但是我没能这样做。我的好多的时间都糊里糊涂地混过去了，"少壮不努力，老大徒伤悲"

例如我翻译莎士比亚，本来计划于课余之暇每年翻译两部，二十年即可完成，但是我用了三十年，主要的原因是懒。翻译之所以完成，主要的是因为活得相当长久，十分惊险。翻译完成之后，虽然仍有工作计划，但体力渐衰，有力不从心之感。假使年轻的时候鞭策自己，如今当有较好或较多的表现。然而悔之晚矣。

再例如，作为一个中国人，经书不可不读。我年过三十才知道读书自修的重要。我披阅，我圈点，但是恒心不足，时作时辍。五十以学易，可以无大过矣，我如今年过八十，还没有接触过易经，说来惭愧。史书也很重要。我出国留学的时候，我父亲买了一套同文石印的前四史，塞满了我的行箧的一半空间，我在外国混了几年之后又把前四史原封带回来了。直到四十年后才鼓起勇气读了“通鉴”一遍。现在我要读的书太多，深感时间有限。

无论做什么事，健康的身体是基本条件。我在学校读书的时候，有所谓“强迫运动”，我踢破过几双球鞋，打断过几只球拍。因此侥幸维持下来最低限度的体力。老来打过几年太极拳，目前则以散步活动筋骨而已。寄语年轻朋友，千万要持之以恒地从事运动，这不是嬉戏，不是浪费时间。健康的身体是做人做事的真正的本钱。

泰戈尔在我家做客
——兼忆志摩

陆小曼

“回忆”！这两个字早就在我脑子里失去了意义，几年前，我就将“回忆”丢在九霄云外去了！我不想回忆，不要回忆，不管以前所遭遇到的是什么味儿，甜的也好，悲的也好，乐的也好，早就跟着志摩一块儿消失了，我脑子里早就什么都没有，只有一片空虚。什么是喜，什么是悲，我都感觉不清楚，我已是一个失去灵魂的木头人了。我一直是闭门家中坐，每天消磨在烟云围绕的病魔中。日历对我是一点用处都没有的，我从来也不看看今天是几号或是礼拜几，对我是任何一个日子都是一样的—天亮而睡，月上初醒，白天黑夜跟我也是一点关系也没有，我只迷迷糊糊地随着日子向前去，决不回头。想一想，二十几年来，一直是如此的。最近从子叫我为《文艺（汇）月刊》写一篇回忆志摩的小文，这一下不由我又从麻醉了多年的脑子里来找寻一点旧事，我倒不是想不起来，我是怕想！想起来就要神经不定，卧睡不宁，过去的愉快就是今日的悲哀。他的一举一动又要活跃在我眼前，我真不知从何说起！

志摩是个对朋友最热情的人，所以他的朋友很多，我家是常常座上客满的，连外国朋友都跟他亲善，如英国的哈代、狄更生、迦耐脱，尤其是我们那位印度的老诗人泰戈尔同他的感情更为深厚。从泰戈尔初次来华，他们就定下了深交（那时我同志摩还不相识）。老人家的讲演都是志摩翻译的，并且还翻了许多诗。在北京他们是怎样在一块儿盘桓，我不大清楚。后来老诗人走后不久，我同志摩认识了，可是因为环境的关系，使我们不能继续交往，所以他又一次出国去。他去的目的就是想去看看老诗人，诉一诉他心里累积的愁闷，准备见着时就将我们的情形告诉他。后来因为我患重病，把志摩从欧洲请了回来，没有见到。但当老诗人听到了我们两人的情况，非常赞成，立刻劝他继续为恋爱奋斗，不要气馁。我们结婚后，老诗人一直来信说要来看看我。事前他来信说，这次的拜访只是来看我们两人，他不要像上次在北京时那样大家都知道，到处去演讲。他要静悄悄地在家住几天，做一个朋友的私访。大家谈谈家常，亲亲热热的像一家人，愈随便愈好。虽然他是这样讲，可是志摩就大动脑筋了。对印度人的生活习惯，我是一点都不知道，叫我怎样招待？准备些什么呢？志摩当然比我知道得多，他就动手将我们的三楼布置成一个印度式房间，里边一切都模仿印度的风格，费了许多心血。我看看倒是别有风趣，很觉好玩。忙了好些天，总算把他盼来了。

那天船到码头，他真的是简单得很，只带了一位秘书叫 Chanda，是一个年轻小伙子，我们只好把他领到旅馆里去开了一个房间，因为那间印度式房间只可以住一个人。谁知这位老诗人对我们费了许多时间准备的房子倒并不喜欢，反而对我们的卧室有了好感。他说："我爱这间饶有东方风味、古色古香的房间，让我睡在这一间罢！"真有趣！他是那样的自然、和蔼，一片慈爱地抚着我的头管我叫小孩子。他对我特别有好感，我也觉得他那一头长长的白发拂在两边，一对大眼睛晶光闪闪地含着无限的热忱对我看着，真使我感到一种说不出的温暖。他的声音又是那样好听，英语讲得婉转流利，我们三人常常谈到深夜不忍分开。

虽然我们相聚了只有短短两三天，可是在这个时间，我听到了许多不易听到的东西，尤其是对英语的进步是不可以计算了。他的生活很简单，睡得晚，起得早，不愿出去玩，爱坐下清谈，有时同志摩谈起诗来，可以谈几个钟头。他还常常把他的诗篇读给我听，那一种音调，虽不是朗诵，可是那低声的喃喃吟唱，更是动人，听得你好像连自己的人都走进了他的诗里边去了，可以忘记一切，忘记世界上还有我。那一种情景，真使人难以忘怀，至今想起还有些儿神往，比两个爱人喁喁话的味儿还要好多呢！

在这几天中，志摩同我的全副精神都溶化在他一个人身上了。这也是我们婚后最快活的几天。泰戈尔对待我俩像自己的儿女一样的宠爱。有一次，他带我们去赴一个他们同乡人请他的晚餐，都是印度人。他介绍我们给他的乡亲们，却说是他的儿子、媳妇，真有意思！在这点上可以看出他对志摩是多么喜爱。说到这儿，我又想起一件事不妨提一提，就是在一九四九年，我接到一封信，是泰戈尔的孙子写来的，他管我叫 Cmtie，他在北大留学，研究中文，他说他寻了我许久，好不容易才寻到我的地方。他说他祖父已经死了，他要我给他几本志摩的诗、散文，他们的图书馆预备拿它翻译成印度文。可巧那时我在生重病，家里人没有拿这封信给我看，一直到一九五〇年我才看到这封信，再去信北大，他已经离开了，从此失去联系。我是非常的抱恨，以后还想设法来寻找他。从这一点也可以证明泰戈尔的家里人都拿志摩当作他们自己人一样的关心，朋友的感情有时可以胜过亲生的骨肉，志摩这位寄父对他的爱护真比自己的父亲还要深厚得多，所以在泰戈尔离开我们到美国去的时代，他们二人都是十分的伤感。在码头上昂着头看到他老人家倚在甲板的栏杆上，对着我们噙着眼泪挥手的时候，我的心一阵阵直口酸！恨不能抱着志摩痛哭一场！可是转脸看到我边儿上的摩，脸色更比我难看，苍白的脸，瘪着嘴，咬紧牙，含着满腔的热泪，不敢往下落，他也在强忍着呢！我再一哭，他更要忍不住了。离别的味儿我这才尝到。在归途中，志摩只是闷着头一言不发，好几天都没有见着他那自然天真的笑容。过了一时，忽然接到老诗人来信，说在美国受到了侮辱，所以预备立刻回到印度去了，看他的语气是非常之愤怒。志摩接到信，就急得坐立不安，恨不能立刻飞到他的身旁。所以在他死前不久，他又到印度去过一次，这是他们最后一次的会面。他在印度的时候大受当地人们的欢迎，报上也时常有赞扬他的文章，同他自己写的诗□，他还带回来给我看的呢！他在泰戈尔的家里住了没有多久，因为生活不大习惯，那儿的蛇和壁虎实在太多，睡在床上它们都会爬上来的，虽然不伤人，可是这种情形也并不好受，讲起来都有点儿余悸呢！他回来后老是闷闷不乐，对老头子的受辱的事是悲愤到极点，恨透美国人的蛮无理、轻视诗人，同我一谈起就气得满脸飞红，凸出了大眼睛乱骂。我是不大看见志摩骂人的，因为他平时对任何人都是笑容满面一团和气的。谁若是心里有气，只要看到他那天真活泼的笑脸，再加上几句笑话，准保你的怒气立刻就会消失。可是那一个时期他是一直沉默寡言，我知道他心里有说不出的愤怒在煎熬着他呢！不久他遭母丧，他对他母亲的爱是比家里一切人要深厚，在丧中本来已经十二分的伤心了，再加上家庭中又起了纠纷，使他痛上加痛，每天晚上老是一声不响的在屋子里来回的转圈子，气得脸上铁青，一阵阵的胃气痛，这种情况至今想起还清清楚楚的在我眼前转。封建家庭的无情、无理，真是害死人，我也不愿意再细讲了。总而言之，志摩在死前的一年中，他的身心是一直沉湎在不愉快的环境中，他的内心有说不出的苦，所以他本来只预备在北大教一学期书，后来却决定在年假时我也一同搬去。谁知道在十一月中，在他突然飞回来的那次就遇险了。

回忆！如果回忆起来，事情太多了。我虽然同他结合了没有多少年，可是其中悲欢离合的情形倒是不少！写几天几晚也写不完！我倒是想写，可是我不敢写，我没有这个毅力和勇气，一回想起来，我这久病的残躯和这已经受创伤的神经，更负担不起这种打击，平静的心中又涌起繁杂的念头，刺得我终夜不能合眼。我一直想给志摩写一个传，这是我的愿望，蜷伏在我脑子里好久了，最近我是极力地在设法恢复我的康健，以便更好的写点东西，然而荒了许久的笔已经生了锈，一定要好好地磨炼一番才能应用呢！这短短的一点只能算是记述一小段泰戈尔二次来华的小聚，以后等我精神稍觉回复，再多写一些往事吧。

从百草园到三味书屋

鲁迅

我家的后面有一个很大的园，相传叫作百草园。现在是早已并屋子一起卖给朱文公的子孙了，连那最末次的相见也已经隔了七八年，其中似乎确凿只有一些野草；但那时却是我的乐园。

不必说碧绿的菜畦，光滑的石井栏，高大的皂荚树，紫红的桑椹；也不必说鸣蝉在树叶里长吟，肥胖的黄蜂伏在菜花上，轻捷地叫天子（云雀）忽然从草间直窜向云霄里去了。单是周围的短短的泥墙根一带，就有无限趣味。油蛉在这里低唱，蟋蟀们在这里弹琴。翻开断砖来，有时会遇见蜈蚣；还有斑蝥，倘若用手指按住它的脊梁，便会拍地一声，从后窍喷出一阵烟雾。何首乌藤和木莲藤缠络着，木莲有莲房一般的果实，何首乌有臃肿的根。有人说，何首乌根是有像人形的，吃了便可以成仙，我于是常常拔它起来，牵连不断地拔起来，也曾因此弄坏了泥墙，却从来没有见过有一块根像人样。如果不怕刺，还可以摘到覆盆子，像小珊瑚珠攒成的小球，又酸又甜，色味都比桑椹要好得远。

长的草里是不去的，因为相传这园里有一条很大的赤练蛇。

长妈妈曾经讲给我一个故事听：先前，有一个读书人住在古庙里用功，晚间，在院子里纳凉的时候，突然听到有人在叫他。答应着，四面看时，却见一个美女的脸露在墙头上，向他一笑，隐去了。他很高兴；但竟给那走来夜谈的老和尚识破了机关。说他脸上有些妖气，一定遇见“美女蛇”了；这是人首蛇身的怪物，能唤人名，倘一答应，夜间便要来吃这人的肉的。他自然吓得要死，而那老和尚却道无妨，给他一个小盒子，说只要放在枕边，便可高枕而卧。他虽然照样办，却总是睡不着，——当然睡不着的。到半夜，果然来了，沙沙沙！门外像是风雨声。他正抖作一团时，却听得豁的一声，一道金光从枕边飞出，外面便什么声音也没有了，那金光也就飞回来，敛在盒子里。后来呢？后来，老和尚说，这是飞蜈蚣，它能吸蛇的脑髓，美女蛇就被它治死了。

结末的教训是：所以倘有陌生的声音叫你的名字，你万不可答应他。

这故事很使我觉得做人之险，夏夜乘凉，往往有些担心，不敢去看墙上，而且极想得到一盒老和尚那样的飞蜈蚣。走到百草园的草丛旁边时，也常常这样想。但直到现在，总还没有得到，但也没有遇见过赤练蛇和美女蛇。叫我名字的陌生声音自然是常有的，然而都不是美女蛇。

冬天的百草园比较的无味；雪一下，可就两样了。拍雪人（将自己的全形印在雪上）和塑雪罗汉需要人们鉴赏，这是荒园，人迹罕至，所以不相宜，只好来捕鸟。薄薄的雪，是不行的；总须积雪盖了地面一两天，鸟雀们久已无处觅食的时候才好。扫开一块雪，露出地面，用一支短棒支起一面大的竹筛来，下面撒些秕谷，棒上系一条长绳，人远远地牵着，看鸟雀下来啄食，走到竹筛底下的时候，将绳子一拉，便罩住了。但所得的是麻雀居多，也有白颊的“张飞鸟”，性子很躁，养不过夜的。

这是闰土的父亲所传授的方法，我却不大能用。明明见它们进去了，拉了绳，跑去一看，却什么都没有，费了半天力，捉住的不过三四只。闰土的父亲是小半天便能捕获几十只，装在叉袋里叫着撞着的。我曾经问他得失的缘由，他只静静地笑道：你太性急，来不及等它走到中间去。

我不知道为什么家里的人要将我送进书塾里去了，而且还是全城中称为最严厉的书塾。也许是因为拔何首乌毁了泥墙罢，也许是因为将砖头抛到间壁的梁家去了罢，也许是因为站在石井栏上跳下来罢，……都无从知道。总而言之：我将不能常到百草园了。Ade，我的蟋蟀们！ Ade，我的覆盆子们和木莲们！

出门向东，不上半里，走过一道石桥，便是我的先生的家了。从一扇黑油的竹门进去，第三间是书房。中间挂着一块扁道：三味书屋；扁下面是一幅画，画着一只很肥大的梅花鹿伏在古树下。没有孔子牌位，我们便对着那扁和鹿行礼。第一次算是拜孔子，第二次算是拜先生。

第二次行礼时，先生便和蔼地在一旁答礼。他是一个高而瘦的老人，须发都花白了，还戴着大眼镜。我对他很恭敬，因为我早听到，他是本城中极方正，质朴，博学的人。

不知从哪里听来的，东方朔也很渊博，他认识一种虫，名曰“怪哉”，冤气所化，用酒一浇，就消释了。我很想详细地知道这故事，但阿长是不知道的，因为她毕竟不渊博。现在得到机会了，可以问先生。

“先生，‘怪哉’这虫，是怎么一回事？……”我上了生书，将要退下来的时候，赶忙问。

“不知道！”他似乎很不高兴，脸上还有怒色了。

我才知道做学生是不应该问这些事的，只要读书，因为他是渊博的宿儒，决不至于不知道，所谓不知道者，乃是不愿意说。年纪比我大的人，往往如此，我遇见过好几回了。

我就只读书，正午习字，晚上对课。先生最初这几天对我很严厉，后来却好起来了，不过给我读的书渐渐加多，对课也渐渐地加上字去，从三言到五言，终于到七言。

三味书屋后面也有一个园，虽然小，但在那里也可以爬上花坛去折腊梅花，在地上或桂花树上寻蝉蜕。最好的工作是捉了苍蝇喂蚂蚁，静悄悄地没有声音。然而同窗们到园里的太多，太久，可就不行了，先生在书房里便大叫起来：

“人都到哪里去了？”

人们便一个一个陆续走回去；一同回去，也不行的。他有一条戒尺，但是不常用，也有罚跪的规矩，但也不常用，普通总不过瞪几眼，大声道：

“读书！”

于是大家放开喉咙读一阵书，真是人声鼎沸。有念“仁远乎哉我欲仁斯仁至矣”的，有念“笑人齿缺曰狗窦大开”的，有念“上九潜龙勿用”的，有念“厥土下上上错厥贡苞茅橘柚”的……。先生自己也念书。后来，我们的声音便低下去，静下去了，只有他还大声朗读着：

“铁如意，指挥倜傥，一座皆惊呢；金叵罗，颠倒淋漓噫，千杯未醉嗬……”

我疑心这是极好的文章，因为读到这里，他总是微笑起来，而且将头仰起，摇着，向后面拗过去，拗过去。

先生读书入神的时候，于我们是很相宜的。有几个便用纸糊的盔甲套在指甲上做戏。我是画画儿，用一种叫作“荆川纸”的，蒙在小说的绣像上一个个描下来，像习字时候的影写一样。读的书多起来，画的画也多起来；书没有读成，画的成绩却不少了，最成片断的是《荡寇志》和《西游记》的绣像，都有一大本。后来，因为要钱用，卖给一个有钱的同窗了。他的父亲是开锡箔店的；听说现在自己已经做了店主，而且快要升到绅士的地位了。这东西早已没有了罢。

琐记

鲁迅

衍太太现在是早已经做了祖母，也许竟做了曾祖母了；那时却还年青，只有一个儿子比我大三四岁。她对自己的儿子虽然狠，对别家的孩子却好的，无论闹出什么乱子来，也决不去告诉各人的父母，因此我们就最愿意在她家里或她家的四近玩。

举一个例说罢，冬天，水缸里结了薄冰的时候，我们大清早起一看见，便吃冰。有一回给沈四太太看到了，大声说道："莫吃呀，要肚子疼的呢！"这声音又给我母亲听到了，跑出来我们都挨了一顿骂，并且有大半天不准玩。我们推论祸首，认定是沈四太太，于是提起她就不用尊称了，给她另外起了一个绰号，叫作"肚子疼"。

衍太太却决不如此。假如她看见我们吃冰，一定和蔼地笑着说，"好，再吃一块。我记着，看谁吃得多。"

但我对于她也有不满足的地方。一回是很早的时候了，我还很小，偶然走进她家去，她正在和她的男人看书。我走近去，她便将书塞在我的眼前道，"你看，你知道这是什么？”我看那书上画着房屋，有两个人光着身子仿佛在打架，但又不很像。正迟疑间，他们便大笑起来了。这使我很不高兴，似乎受了一个极大的侮辱，不到那里去大约有十多天。一回是我已经十多岁了，和几个孩子比赛打旋子，看谁旋得多。她就从旁计着数，说道，“好，八十二个了！再旋一个，八十三！好，八十四！……”但正在旋着的阿祥，忽然跌倒了，阿祥的婶母也恰恰走进来。她便接着说道，“你看，不是跌了么？不听我的话。我叫你不要旋，不要旋……。”

虽然如此，孩子们总还喜欢到她那里去。假如头上碰得肿了一大块的时候，去寻母亲去罢，好的是骂一通，再给擦一点药；坏的是没有药擦，还添几个栗凿和一通骂。衍太太却决不埋怨，立刻给你用烧酒调了水粉，搽在疙瘩上，说这不但止痛，将来还没有瘢痕。

父亲故去之后，我也还常到她家里去，不过已不是和孩子们玩耍了，却是和衍太太或她的男人谈闲天。我其时觉得很有许多东西要买，看的和吃的，只是没有钱。有一天谈到这里，她便说道，“母亲的钱，你拿来用就是了，还不就是你的么？”我说母亲没有钱，她就说可以拿首饰去变卖；我说没有首饰，她却道，“也许你没有留心。到大厨的抽屉里，角角落落去寻去，总可以寻出一点珠子这类东西……”

这些话我听去似乎很异样，便又不到她那里去了，但有时又真想去打开大厨，细细地寻一寻。大约此后不到一月，就听到一种流言，说我已经偷了家里的东西去变卖了，这实在使我觉得有如掉在冷水里。流言的来源，我是明白的，倘是现在，只要有地方发表，我总要骂出流言家的狐狸尾巴来，但那时太年青，一遇流言，便连自己也仿佛觉得真是犯了罪，怕遇见人们的眼睛，怕受到母亲的爱抚。

好。那么，走罢！

但是，哪里去呢？S城人的脸早经看熟，如此而已，连心肝也似乎有些了然。总得寻别一类人们去，去寻为S城人所诟病的人们，无论其为畜生或魔鬼。那时为全城所笑骂的是一个开得不久的学校，叫作中西学堂，汉文之外，又教些洋文和算学。然而已经成为众矢之的了；熟读圣贤书的秀才们，还集了《四书》的句子，做一篇八股来嘲诮它，这名文便即传遍了全城，人人当作有趣的话柄。我只记得那“起讲”的开头是：

徐子以告夷子曰：吾闻用夏变夷者，未闻变于夷者也。今也不然：鸠舌之音，闻其声，皆雅言也……

以后可忘却了，大概也和现今的国粹保存大家的议论差不多。但我对于这中西学堂，却也不满足，因为那里面只教汉文、算学、英文和法文。功课较为别致的，还有杭州的求是书院，然而学费贵。

无须学费的学校在南京，自然只好往南京去。第一个进去的学校，目下不知道称为什么了，光复以后，似乎有一时称为雷电学堂，很像《封神榜》上“太极阵”、“混元阵”一类的名目。总之，一进仪凤门，便可以看见它那二十丈高的桅杆和不知多高的烟通。功课也简单，一星期中，几乎四整天是英文：“It is a cat.”“Is it a rat?”一整天是读汉文：“君子曰，颍考叔可谓纯孝也已矣，爱其母，施及庄公。”一整天是做汉文：《知己知彼百战百胜论》、《颍考叔论》、《云从龙风从虎论》、《咬得菜根则百事可做论》。

初进去当然只能做三班生，卧室里是一桌一凳一床，床板只有两块。头二班学生就不同了，二桌二凳或三凳一床，床板多至三块。不但上讲堂时挟着一堆厚而且大的洋书，气昂昂地走着，决非只有一本“泼赖妈”和四本《左传》的三班生所敢正视；便是空着手，也一定将肘弯撑开，像一只螃蟹，低一班的在后面总不能走出他之前。这一种螃蟹式的名公巨卿，现在都阔别得很久了，前四五年，竟在教育部的破脚躺椅上，发现了这姿势，然而这位老爷却并非雷电学堂出身的，可见螃蟹态度，在中国也颇普遍。

可爱的是桅杆。但并非如“东邻”的“支那通”所说，因为它“挺然翘然”，又是什么的象征。乃是因为它高，乌鸦喜鹊，都只能停在它的半途的木盘上。人如果爬到顶，便可以近看狮子山，远眺莫愁湖，——但究竟是否真可以眺得那么远，我现在可委实有点记不清楚了。而且不危险，下面张着网，即使跌下来，也不过如一条小鱼落在网子里；况且自从张网以后，听说也还没有人曾经跌下来。

原先还有一个池，给学生学游泳的，这里面却淹死了两个年幼的学生。当我进去时，早填平了，不但填平，上面还造了一所小小的关帝庙。庙旁是一座焚化字纸的砖炉，炉口上方横写着四个大字道：“敬惜字纸”。只可惜那两个淹死鬼失了池子，难讨替代，总在左近徘徊，虽然已有“伏魔大帝关圣帝君”镇压着。办学的人大概是好心肠的，所以每年七月十五，总请一群和尚到雨天操场来放焰口，一个红鼻而胖的大和尚戴上毗卢帽，捏诀，念咒：“回资罗，普弥耶吽！唵耶吽！唵！耶！吽！！！”

我的前辈同学被关圣帝君镇压了一整年，就只在这时候得到一点好处，——虽然我并不深知是怎样的好处。所以当这些时，我每每想：做学生总得自己小心些。

总觉得不大合适，可是无法形容出这不合适来。现在是发现了大致相近的字眼了，“乌烟瘴气”，庶几乎其可也。只得走开。近来是单是走开也就不容易，“正人君子”者流会说你骂人骂到聘书，或者是发“名士”脾气，给你几句正经的俏皮话。不过那时还不打紧，学生所得的津贴，第一年不过二两银子，最初三个月的试习期内是零用五百文。于是毫无问题，去考矿路学堂去了，也许是矿路学堂，已经有些记不真，文凭又不在手头，更无从查考。试验并不难，录取的。

这回不是 It is a cat 了，是 Der Mann, Die Weib,Das kind。汉文仍旧是“颍考叔可谓纯孝也已矣”，但外加《小学集注》。论文题目也小有不同，譬如《工欲善其事必先利其器论》，是先前没有做过的。

此外还有所谓格致、地学、金石学……都非常新鲜。但是还得声明：后两项，就是现在之所谓地质学和矿物学，并非讲舆地和钟鼎碑版的。只是画铁轨横断面图却有些麻烦，平行线尤其讨厌。但第二年的总办是一个新党，他坐在马车上的时候大抵看着《时务报》，考汉文也自己出题目，和教员出的很不同。有一次是《华盛顿论》，汉文教员反而惴惴地来问我们道：“华盛顿是什么东西呀？……”

看新书的风气便流行起来，我也知道了中国有一部书叫《天演论》。星期日跑到城南去买了来，白纸石印的一厚本，价五百文正。翻开一看，是写得很好的字，开首便道：

赫胥黎独处一室之中，在英伦之南，背山而面野，槛外诸境，历历如在机下。乃悬想二千年前，当罗马大将恺撒未到时，此间有何景物？计惟有天造草昧……

哦！原来世界上竟还有一个赫胥黎坐在书房里那么想，而且想得那么新鲜？一口气读下去，“物竞”“天择”也出来了，苏格拉底、柏拉图也出来了，斯多噶也出来了。学堂里又设立了一个阅报处，《时务报》不待言，还有《译学汇编》，那书面上的张廉卿一流的四个字，就蓝得很可爱。

“你这孩子有点不对了，拿这篇文章去看去，抄下来去看去。”一位本家的老辈严肃地对我说，而且递过一张报纸来。接来看时，“臣许应骙跪奏……，”那文章现在是一句也不记得了，总之是参康有为变法的，也不记得可曾抄了没有。

仍然自己不觉得有什么“不对”，一有闲空，就照例地吃侉饼、花生米、辣椒，看《天演论》。

但我们也曾经有过一个很不平安的时期。那是第二年，听说学校就要裁撤了。这也无怪，这学堂的设立，原是因为两江总督（大约是刘坤一罢）听到青龙山的煤矿出息好，所以开手的。待到开学时，煤矿那面却已将原先的技师辞退，换了一个不甚了然的人了。理由是：一、先前的技师薪水太贵；二、他们觉得开煤矿并不难。于是不到一年，就连煤在哪里也不甚了然起来，终于是所得的煤，只能供烧那两架抽水机之用，就是抽了水掘煤，掘出煤来抽水，结一笔出入两清的账。既然开矿无利，矿路学堂自然也就无须乎开了，但是不知怎的，却又并不裁撤。到第三年我们下矿洞去看的时候，情形实在颇凄凉，抽水机当然还在转动，矿洞里积水却有半尺深，上面也点滴而下，几个矿工便在这里面鬼一般工作着。

毕业，自然大家都盼望的，但一到毕业，却又有些爽然若失。爬了几次桅，不消说不配做半个水兵；听了几年讲，下了几回矿洞，就能掘出金、银、铜、铁、锡来么？实在连自己也茫无把握，没有做《工欲善其事必先利其器论》的那么容易。爬上天空二十丈和钻下地面二十丈，结果还是一无所能，学问是“上穷碧落下黄泉，两处茫茫皆不见”了。所余的还只有一条路：到外国去。

留学的事，官僚也许可了，派定五名到日本去。其中的一个因为祖母哭得死去活来，不去了，只剩了四个。日本是同中国很两样的，我们应该如何准备呢？有一个前辈同学在，比我们早一年毕业，曾经游历过日本，应该知道些情形。跑去请教之后，他郑重地说：

“日本的袜是万不能穿的，要多带些中国袜。我看纸票也不好，你们带去的钱不如都换了他们的现银。”

四个人都说遵命。别人不知其详，我是将钱都在上海换了日本的银元，还带了十双中国袜——白袜。

后来呢？后来，要穿制服和皮鞋，中国袜完全无用；一元的银圆日本早已废置不用了，又赔钱换了半元的银圆和纸票。

藤野先生

鲁迅

东京也无非是这样。上野的樱花烂熳的时节，望去确也像绯红的轻云，但花下也缺不了成群结队的“清国留学生”的速成班，头顶上盘着大辫子，顶得学生制帽的顶上高高耸起，形成一座富士山。也有解散辫子，盘得平的，除下帽来，油光可鉴，宛如小姑娘的发髻一般，还要将脖子扭几扭。实在标致极了。

中国留学生会馆的门房里有几本书买，有时还值得去一转；倘在上午，里面的几间洋房里倒也还可以坐坐的。但到傍晚，有一间的地板便常不免要咚咚咚地响得震天，兼以满房烟尘斗乱；问问精通时事的人，答道，“那是在学跳舞。”

到别的地方去看看，如何呢?

我就往仙台的医学专门学校去。从东京出发，不久便到一处驿站，写道：日暮里。不知怎地，我到现在还记得这名目。其次却只记得水户了，这是明的遗民朱舜水先生客死的地方。仙台是一个市镇，并不大；冬天冷得利害；还没有中国的学生。

大概是物以希为贵罢。北京的白菜运往浙江，便用红头绳系住菜根，倒挂在水果店头，尊为“胶菜”；福建野生着的芦荟，一到北京就请进温室，且美其名曰“龙舌兰”。我到仙台也颇受了这样的优待，不但学校不收学费，几个职员还为我的食宿操心。我先是住在监狱旁边一个客店里的，初冬已经颇冷，蚊子却还多，后来用被盖了全身，用衣服包了头脸，只留两个鼻孔出气。在这呼吸不息的地方，蚊子竟无从插嘴，居然睡安稳了。饭食也不坏。但一位先生却以为这客店也包办囚人的饭食，我住在那里不相宜，几次三番，几次三番地说。我虽然觉得客店兼办囚人的饭食和我不相干，然而好意难却，也只得别寻相宜的住处了。于是搬到别一家，离监狱也很远，可惜每天总要喝难以下咽的芋梗汤。

从此就看见许多陌生的先生，听到许多新鲜的讲义。解剖学是两个教授分任的。最初是骨学。其时进来的是一个黑瘦的先生，八字须，戴着眼镜，挟着一叠大大小小的书。一将书放在讲台上，便用了缓慢而很有顿挫的声调，向学生介绍自己道：

“我就是叫作藤野严九郎的……”

后面有几个人笑起来了。他接着便讲述解剖学在日本发达的历史，那些大大小小的书，便是从最初到现今关于这一门学问的著作。起初有几本是线装的；还有翻刻中国译本的，他们的翻译和研究新的医学，并不比中国早。

那坐在后面发笑的是上学年不及格的留级学生，在校已经一年，掌故颇为熟悉的了。他们便给新生讲演每个教授的历史。这藤野先生，据说是穿衣服太模胡了，有时竟会忘记带领结；冬天是一件旧外套，寒颤颤的，有一回上火车去，致使管车的疑心他是扒手，叫车里的客人大家小心些。

他们的话大概是真的，我就亲见他有一次上讲堂没有带领结。

过了一星期，大约是星期六，他使助手来叫我了。到得研究室，见他坐在人骨和许多单独的头骨中间，——他其时正在研究着头骨，后来有一篇论文在本校的杂志上发表出来。

“我的讲义，你能抄下来么？”他问。

“可以抄一点。”

“拿来我看！”

我交出所抄的讲义去，他收下了，第二三天便还我，并且说，此后每一星期要送给他看一回。我拿下来打开看时，很吃了一惊，同时也感到一种不安和感激。原来我的讲义已经从头到末，都用红笔添改过了，不但增加了许多脱漏的地方，连文法的错误，也都一一订正。这样一直继续到教完了他所担任的功课：骨学、血管学、神经学。

可惜我那时太不用功，有时也很任性。还记得有一回藤野先生将我叫到他的研究室里去，翻出我那讲义上的一个图来，是下臂的血管，指着，向我和蔼地说道：

“你看，你将这条血管移了一点位置了。——自然，这样一移，的确比较的好看些，然而解剖图不是美术，实物是那么样的，我们没法改换它。现在我给你改好了，以后你要全照着黑板上那样的画。”

但是我还不服气，口头答应着，心里却想道：

“图，还是我画的不错。至于实在的情形，我心里自然记得的。”

学年试验完毕之后，我便到东京玩了一夏天，秋初再回学校，成绩早已发表了，同学一百余人之中，我在中间，不过是没有落第。这回藤野先生所担任的功课，是解剖实习和局部解剖学。

解剖实习了大概一星期，他又叫我去了，很高兴地，仍用了极有抑扬的声调对我说道：

“我因为听说中国人是很敬重鬼的，所以很担心，怕你不肯解剖尸体。现在总算放心了，没有这回事。”

但他也偶有使我很为难的时候。他听说中国的女人是裹脚的，但不知道详细，所以要问我怎么裹法，足骨变成怎样的畸形，还叹息道：“总要看一看才知道。究竟是怎么一回事呢？”

有一天，本级的学生会干事到我寓里来了，要借我的讲义看。我检出来交给他们，却只翻检了一通，并没有带走。但他们一走，邮差就送到一封很厚的信，拆开看时，第一句是：

“你改悔罢！”

这是《新约》上的句子罢，但经托尔斯泰新近引用过的。其时正值日俄战争，托老先生便写了一封给俄国和日本的皇帝的信，开首便是这一句。日本报纸上很斥责他的不逊，爱国青年也愤然，然而暗地里却早受了他的影响了。其次的话，大略是说上年解剖学试验的题目，是藤野先生在讲义上做了记号，我预先知道的，所以能有这样的成绩。末尾是匿名。

我这才回忆到前几天的一件事。因为要开同级会，干事便在黑板上写广告，末一句是“请全数到会勿漏为要”，而且在“漏”字旁边加了一个圈。我当时虽然觉到圈得可笑，但是毫不介意，这回才悟出那字也在讥刺我了，犹言我得了教员漏泄出来的题目。

我便将这事告知了藤野先生；有几个和我熟识的同学也很不平，一同去诘责干事托辞检查的无礼，并且要求他们将检查的结果，发表出来。终于这流言消灭了，干事却又竭力运动，要收回那一封匿名信去。结末是我便将这托尔斯泰式的信退还了他们。

中国是弱国，所以中国人当然是低能儿，分数在六十分以上，便不是自己的能力了：也无怪他们疑惑。但我接着便有参观枪毙中国人的命运了。第二年添教霉菌学，细菌的形状是全用电影来显示的，一段落已完而还没有到下课的时候，便影几片时事的片子，自然都是日本战胜俄国的情形。但偏有中国人夹在里边：给俄国人做侦探，被日本军捕获，要枪毙了，围着看的也是一群中国人；在讲堂里的还有一个我。

“万岁！”他们都拍掌欢呼起来。

这种欢呼，是每看一片都有的，但在我，这一声却特别听得刺耳。此后回到中国来，我看见那些闲看枪毙犯人的人们，他们也何尝不酒醉似的喝彩，——呜呼，无法可想！但在那时那地，我的意见却变化了。

到第二学年的终结，我便去寻藤野先生，告诉他我将不学医学，并且离开这仙台。他的脸色仿佛有些悲哀，似乎想说话，但竟没有说。

“我想去学生物学，先生教给我的学问，也还有用的。”其实我并没有决意要学生物学，因为看得他有些凄然，便说了一个慰安他的谎话。

“为医学而教的解剖学之类，怕于生物学也没有什么大帮助。”他叹息说。

将走的前几天，他叫我到他家里去，交给我一张照相，后面写着两个字道：“惜别”，还说希望将我的也送他。但我这时适值没有照相了；他便叮嘱我将来照了寄给他，并且时时通信告诉他此后的状况。

我离开仙台之后，就多年没有照过相，又因为状况也无聊，说起来无非使他失望，便连信也怕敢写了。经过的年月一多，话更无从说起，所以虽然有时想写信，却又难以下笔，这样的一直到现在，竟没有寄过一封信和一张照片。从他那一面看起来，是一去之后，杳无消息了。

但不知怎地，我总还时时记起他，在我所认为我师的之中，他是最使我感激，给我鼓励的一个。有时我常常想：他的对于我的热心的希望，不倦的教诲，小而言之，是为中国，就是希望中国有新的医学；大而言之，是为学术，就是希望新的医学传到中国去。他的性格，在我的眼里和心里是伟大的，虽然他的姓名并不为许多人所知道。

他所改正的讲义，我曾经订成三厚本，收藏着的，将作为永久的纪念。不幸七年前迁居的时候，中途毁坏了一口书箱，失去半箱书，恰巧这讲义也遗失在内了。责成运送局去找寻，寂无回信。只有他的照相至今还挂在我北京寓居的东墙上，书桌对面。每当夜间疲倦，正想偷懒时，仰面在灯光中瞥见他黑瘦的面貌，似乎正要说出抑扬顿挫的话来，便使我忽又良心发现，而且增加勇气了，于是点上一枝烟，再继续写些为“正人君子”之流所深恶痛疾的文字。

希望

鲁迅

我的心分外地寂寞。

然而我的心很平安；没有爱憎，没有哀乐，也没有颜色和声音。

我大概老了。我的头发已经苍白，不是很明白的事么？我的手颤抖着，不是很明白的事么？那么我的灵魂的手一定也颤抖着，头发也一定苍白了。

然而这是许多年前的事了。

这以前，我的心也曾充满过血腥的歌声：血和铁，火焰和毒，恢复和报仇。而忽然这些都空虚了，但有时故意地填以没奈何的自欺的希望。希望，希望，用这希望的盾，抗拒那空虚中的暗夜的袭来，虽然盾后面也依然是空虚中的暗夜。然而就是如此，陆续地耗尽了我的青春。

我早先岂不知我的青春已经逝去？但以为身外的青春固在：星，月光，僵坠的蝴蝶，暗中的花，猫头鹰的不祥之言，杜鹃的啼血，笑的渺茫，爱的翔舞。……虽然是悲凉漂渺的青春罢，然而究竟是青春。

然而现在何以如此寂寞？难道连身外的青春也都逝去，世上的青年也多衰老了么？

我只得由我来肉搏这空虚中的暗夜了。我放下了希望之盾，我听到 裴多菲·山陀尔 (1823 — 1849) 的“希望”之歌：

希望是什么？是娼妓：
她对谁都蛊惑，将一切都献给；
待你牺牲了极多的宝贝——你的青春
——她就抛弃你。

这伟大的抒情诗人，匈牙利的爱国者，为了祖国而死在哥萨克兵的矛尖上，已经七十五年了。悲哉死也，然而更可悲的是他的诗至今没有死。

但是，可惨的人生！桀骜英勇如裴多菲，也终于对了暗夜止步，回顾茫茫的东方了。他说：

绝望之为虚妄，正与希望相同。

倘使我还得偷生在不明不暗的这“虚妄”中，我就还要寻求那逝去的悲凉漂渺的青春，但不妨在我的身外。因为身外的青春倘一消灭，我身中的迟暮也即凋零了。

然而现在没有星和月光，没有僵坠的蝴蝶以至笑的渺茫，爱的翔舞。然而青年们很平安。

我只得由我来肉搏这空虚中的暗夜了，纵使寻不到身外的青春，也总得自己来一掷我身中的迟暮。但暗夜又在哪里呢？现在没有星，没有月光以至没有笑的渺茫和爱的翔舞；青年们很平安，而我的面前又竟至于并且没有真的暗夜。

绝望之为虚妄，正与希望相同！

端午节不是纪念屈原的

闻一多

端午那天孩子们问起粽子的起源，我当时虽乘机大讲了一顿屈原，心里却在暗笑，恐怕是帮同古人撒谎罢。不知道是为了谎的教育价值，还是自己图省事和藏拙，反正谎是撒过了，并且相当成功，因为看来孩子们的好奇心确乎得到了相当的满足。可是，孩子们好奇心的终点，便是自己好奇心的起点。自从那天起，心里常常转着一个念头：如果不相信谎，真又是甚么呢？端午真正的起源，究竟有没有法子知道呢？最后我居然得到了线索，就在那谎里。

屈原五月五日投汨罗而死，楚人哀之。每至此日，以竹筒贮米投水祭之。汉建武中，长沙欧回白日忽见一人，自称三闾大夫，谓曰："君常见祭，甚善。但常所遗，苦为蛟龙所窃。今若有意，可以楝树叶塞其上，仍以五彩丝约缚之。此二物，蛟龙所惮也。"回依其言。世人作粽，并带五彩丝及楝叶，皆汨罗之遗风也。

这传说是如何产生的，下文再谈，总之是不可信。倒是"常所遗（粽子）苦为蛟龙所窃"这句活，对于我的疑窦，不失为一个宝贵的消息。端午节最主要的两个节目，无疑是竞渡和吃粽子。这里你就该注意，竞渡用的龙舟，粽子投到水里常为蛟龙所窃，两个主要节目都与龙有关，假如不是偶合的话，恐怕整个端午节中心的意义，就该向龙的故事去探寻罢。这是第一点。据另一传说，竞渡的风俗起于越王勾践，那也不可靠。不过吴越号称水国，说竞渡本是吴越一带的土风，总该离事实不远。这是第二点。一方面端午的两个主要节目都与龙有关，一方面至少两个节目之一，与吴越的关系特别深，如果我们再能在吴越与龙之间找出联系来，我们的问题不就解决了吗？

吴越与龙究竟有没有联系呢？古代吴越人“断发文身”，是我们熟知的事实。这习俗的意义，据当时一位越国人自己的解释，是“处海垂之际，……而蛟龙又与我争焉，是以剪发文身。烂然成章，以像龙子者，将以避水神也。”(《说苑•奉使篇》)所谓“水神”便是蛟龙。原来吴越都曾经自认为蛟龙的儿子(龙子)，在那个大前提下，他们想，蛟龙是害人的东西，不错，但决不会残杀自己的“骨肉”。所以万一出了岔子，责任不该由蛟龙负。因为，他们相信，假若人们样子也长的和蛟龙一样，让蛟龙到眼就认识是自己的族类，哪会有岔子出呢？这样盘算的结果，他们便把头发剪短了。浑身刺着花纹，尽量使自己真像一个“龙子”，这一来他们心里便踏实了，觉得安全真有保障。这便是吴越人断发文身的全部理论。这种十足的图腾主义式的心理，我在别处还有更详细的分析与说明。现在应该注意的是，我们在上文所希望的吴越与龙的联系，事实上确乎存在。根据这联系推下去，我想谁都会得到这样一个结论：端午本是吴越民族举行图腾祭的节日，而赛龙舟便是这祭仪中半宗教、半社会性的娱乐节目。至于将粽子投到水中，本意是给蛟龙享受的，那就不用讲了。总之，端午是个龙的节日，它的起源远在屈原以前——不知道多远呢！

据《风俗通》和《荆楚岁时记》，五月五日，古代还有以彩丝系臂，名曰“长命缕”的风俗。我们疑心彩丝系臂便是文身的变相。一则《国策》有“祝发文身错臂，瓯越之民也”的话(《赵策》二)。可见文身术应用的主要部分之一是两臂。二则文身的目的，上文已讲过，是给生命的安全作保障。彩丝系臂，在形式上既与错臂的文身术有类似的效果，而“长命缕”这名称又证明了它也具有保障生命的功能，所以我们说彩丝系臂是古代吴越人文身俗的遗留，也是不会有大错的。于是我又恍然大悟，如今小孩们身上挂着五彩丝线缠的，或彩色绸子扎的，或染色麦草编的，种种光怪陆离的小玩意儿，原来也都是文身的替代品。文身是“以像龙子”的。竟渡与吃粽子，上文已说过，都与龙有关，现在我们又发现彩丝系臂的背景也是龙，这不又给端午是龙的节日添了一条证据么？我看为名副其实，这节日干脆叫“龙子节”得了。

我在上文好像揭穿了一个谎。但在那揭谎的工作中，我并不是没有怀着几分惋惜的心情。我早已提到谎有它的教育价值，其实不等到谎被揭穿之后，我还不觉得谎的美丽。如果明年孩子们再谈起粽子的起源，我想，我的话题还是少不了这个谎，不，我将在讲完了真之后，再告诉他们谎中的真。我将这样说：

“吃粽子这风俗真古得很啊！它的起源恐怕至少在四五千年前。那时人们的文化程度很低。你们课本中有过海南岛黎人的插图吗？他们正是那样，浑身刺绣着花纹，满脸的狞恶像。但在内心里他们实在是很可怜的。那时的人在自然势力威胁之下，常疑心某种生物或无生物有着不可思议的超自然力量，因此他们就认定那东西为他们全族的祖先兼保护神，这便是现代术语所谓的‘图腾’。凡属于某一图腾族的分子，必在自已身体上和日常用具上，刻画着该图腾的形状，以图强化自己和图腾间的联系，而便于获得图腾的保护。古代吴越民族是以龙为图腾的，为表示他们‘龙子’的身份，藉以巩固本身的被保护权，所以有那断发文身的风俗。一年一度，就在今天，他们要举行一次盛大的图腾祭，将各种食物，装在竹筒，或裹在树叶里。一面往水里扔，献给图腾神吃，一面也自已吃。完了，还在急鼓声中（那时许没有锣）划着那刻画成龙形的独木舟，在水上作竞渡的游戏，给图腾神，也给自己取乐。这一切，表面上虽很热闹，骨子里却只是在一副战栗的心情下，吁求着生命的保障，所以从冷眼旁观者看来，实在是很悲的。这便是最古端午节的意义。

“一二千年的时间过去了，由于不断的暗中摸索。人们稍稍学会些控制自然的有效方法，自己也渐渐有点自信心，于是对他们的图腾神，态度渐渐由献媚的、拉拢的，变为恫吓的、抗拒的，（人究竟是个狡猾的东西！）最后他居然从幼稚的，草昧的图腾文化挣扎出来了，以至几乎忘掉有过那么回事。好了，他现在立住脚跟了，进步相当的快。人们这时赛龙舟，吃粽子，心情虽还有些紧张，但紧张中却带着点胜利的欢乐意味。他们如今是文明人啊！我们所熟习的春秋时代的吴越，便是在这个文化阶段中。

“但是，莫忙乐观！刚刚对于克服自然有点把握，人又发现了，第二个仇敌——他自己。以前人的困难是怎样求生，现在生大概不成问题，问题在怎样生得光荣。光荣感是个良心问题，然而要晓得良心是随罪恶而生的。时代一入战国，人们造下的罪孽想是太多了，屈原的良心担负不起，于是不能生得光荣，便毋宁死，于是屈原便投了汨罗！是呀，仅仅求生的时代早过去了，端午这节日也早失去了意义。从越国到今天，应该是怎样求生得光荣的时代，如果我们还要让这节日存在，就得给他装进一个我们时代所需要的意义。

“但为这意义着想，哪有比屈原的死更适当的象征？是谁首先撒的谎，说端午节起于纪念屈原，我佩服他那无上的智慧！端午，以求生始，以争取生得光荣的死终，这谎中有无限的真！”

准备给孩子们讲的话，不妨到此为止。纵然这番意思，孩子还不太懂，但迟早是应当让他们懂得的，是不是？

中国人之聪明

林语堂

聪明系与糊涂相对面言。郑板桥曰：“难得糊涂”，“聪明难，由聪明转入糊涂为尤难”，此绝对聪明语，有中国人之精微处世哲学在焉。俗语曰：“聪明反为聪明误”，亦同此意。陈眉公曰：“惟有知足人，鼾鼾睡到晓，惟有偷闲人，憨憨直到老”，亦绝顶聪明语也。故在中国，聪明与糊涂复合为一，而聪明之用处，除装糊涂外，别无足取。

中国人为世界最聪明之一民族，似不必多方引证。能发明麻将牌戏及九龙圈者，大概可称为聪明的民族。中国留学生每在欧美大学考试，名列前茅，是一明证。或谓此系由于天择，实非确论，盖留学者未必皆出类拔萃之辈，出洋多由家庭关系而已。以中国农工与西方同级者相比，亦不见弱于西方民族。此尚系题外问题。

惟中国人之聪明有西方所绝不可及而最足称异者，即以聪明抹杀聪明之聪明。聪明糊涂合一之论，极聪明之论也。仅见之吾国，而未见之西方。此种崇拜糊涂主义，即道家思想，发源于老庄。老庄固古今天下第一等聪明人，《道德经》五千言亦世界第一等聪明哲学。然聪明至此，已近老猾巨奸之哲学，不为天下先，则永远打不倒，盖老猾巨奸之哲学无疑。盖中国人之聪明达到极顶处，转而见出聪明之害，乃退而守愚藏拙以全其身。又因聪明绝顶，看破一切，知“为”与“不为”无别，与其为而无效，何如不为以养吾生。只因此一着，中国文明乃由动转入静，主退，主守，主安分，主知足，而成为重持久不重进取，重和让不重战争之文明。

此种道理，自亦有其佳处。世上进化，诚不易言。熙熙攘攘，果何为者。何若“退一步想”知足常乐以求一心之安。此种观念贯入常人脑中时，则和让成为社会之美德。若“有福莫享尽，有势莫使尽”，亦极精微之道也。

惟吾恐中国人虽聪明，善装糊涂，而终反为此种聪明所误。中国之积弱，即系聪明太过所致。世上究系糊涂者占便宜，抑系聪明者占便宜，抑系由聪明转入糊涂者占便宜，实未易言。热河之败，败于糊涂也。惟以聪明的糊涂观法，热河之失，何足重轻？此拾得和尚所谓“且过几年，你再看他”之观法。锦州之退。聪明所误也。使糊涂的白种人处于同样境地，虽明知兵力不敌，亦必背城借一，宁为玉碎，不为瓦全，与日人一战。夫玉碎瓦全，糊涂语也。以张学良之聪明，乃不为之。然则聪明是耶，糊涂是耶，中国人聪明耶，白种人聪明耶，吾诚不敢言。

否所知者，中国人既发明以聪明装糊涂之聪明的用处，乃亦常受此种绝顶聪明之亏。凡事过善于计算个人利害而自保，却难得一糊涂人肯勇敢任事，而国事乃不可为。吾读朱文公《政训》，见一节云：

今世士大夫，惟以苟且逐旋挨事过去为事。挨得过时且过。上下相咻以勿生，不要理会事。且恁鹘突，才理会得分明，便做官不得。有人少负能声，及少轻挫抑，则自悔其太惺惺了了，一切刻方为圆，随俗苟且，自道是年高见识长进……风俗如此，可畏可畏！

可见宋人已有此种毛病，不但“今世士大夫”然也。夫“刻方为圆”，不伤人感情，不辨是非，与世浮沉，而成一老猾巨奸，为个人计，固莫善于此，而为社会国家计，聪明乎？糊涂乎？则未易言。在中国多一见识长进人时，便是世上少一做事人时；多一聪明同胞时，便是国事走入一步黑甜乡时，举国皆鼾鼾睡到晓，憨憨直到老。举国皆认三十六计走为上计之圣贤，而独无一失计之糊涂汉子。举国皆不吃眼前亏之好汉，而独无一肯吃亏之弱者，是国家之幸乎？是国家之幸乎？

然则中国人虽绝顶聪明，归根结蒂，仍是聪明反为聪明误。呜呼，吾焉得一位糊涂大汉而崇拜之。

第三部分

在平淡的生活中，求一点上进

相信自己，靠自己，随时随地尽自己的一份儿往最好里去做，让自己活得有意思，一时一刻一分一秒都有意思。

无限之生的界线

冰心

我独坐在楼廊上，凝望着窗内的屋子。浅绿色的墙壁，赭色的地板，几张椅子和书桌；空沉沉的，被那从绿罩子底下发出来的灯光照着，只觉得凄黯无色。

这屋子，便是宛因和我同住的一间宿舍。课余之暇，我们永远是在这屋里说笑，如今宛因去了，只剩了我一个人了。

她去的那个地方，我不能知道，世人也不能知道，或者她自己也不能知道。然而宛因是死了，我看见她病的，我看见她的躯壳埋在黄土里的，但是这个躯壳能代表宛因么！

屋子依旧是空沉的，空气依旧是烦闷的，灯光也依旧是惨绿的。我只管坐在窗外，也不是悲伤，也不是悚惧，似乎神经麻木了，再也不能迈步进到屋子里去。

死呵，你是一个破坏者，你是一个大有权威者！世界既然有了生物，为何又有你来摧残他们，限制他们？无论是帝王，是英雄，是……一遇见你，便立刻撇下他一切所有的，屈服在你的权威之下。无论是惊才，绝艳，丰功，伟业，与你接触之后，不过只留下一抔黄土！

我想到这里，只觉得失望，灰心，到了极处！——这样的人生，有什么趣味？纵然抱着极大的愿力，又有什么用处？又有什么结果？到头也不过是归于虚空，不但我是虚空，万物也是虚空。

漆黑的天空里，只有几点闪烁的星光，不住地颤动着。树叶楂楂槭槭地响着。微微的一阵槐花香气，扑到阑边来。

我抬头看着天空，数着星辰，竭力地想慰安自己。我想：——何必为死者难过？何必因为有“死”就难过？人生世上，劳碌辛苦的，想为国家，为社会，谋幸福，似乎是极其壮丽宏大的事业了。然而造物者凭高下视，不过如同一个蚂蚁，辛辛苦苦的，替他同伴驮着粟粒一般。几点的小雨，一阵的微风，就忽然把他渺小之躯，打死，吹飞。他的工程，就算了结。我们人在这大地上，已经是像小蚁微尘一般，何况在这万星团簇，缥缈幽深的太空之内，更是连小蚁微尘都不如了！如此看来，……都不过是昙花泡影，抑制理性，随着他们走去，就完了！何必……

想到这里，我的脑子似乎胀大了，身子也似乎起在空中。勉强定了神，往四围一看：———我依旧坐在阑边，楼外的景物，也一切如故。原来我还没有超越到世外去，我苦痛已极，低着头只有叹息。

一阵衣裳綷縩的声音，仿佛是从树杪下来，——接着有微渺的声音，连连唤道：“冰心，冰心！”我此时昏昏沉沉的，问道：“是谁？是宛因么？”

她说：“是的。”我竭力地抬起头来，借着微微的星光，仔细一看，那白衣飘举，荡荡漾漾的，站在我面前的，可不是宛因么！只是她全身上下，显出一种庄严透彻的神情来，又似乎不是从前的宛因了。

我心里益发地昏沉了，不觉似悲似喜地问道：“宛因，你为何又来了？你到底是到哪里去了？”她微笑说：“我不过是越过‘无限之生的界线’就是了。”我说：“你不是……”她摇头说：“什么叫作‘死’？我同你依旧是一样地活着，不过你是在界线的这一边，我是在界线的那一边，精神上依旧是结合的。不但我和你是结合的，我们和宇宙间的万物，也是结合的。”

我听了她这几句话，心中模模糊糊的，又像明白，又像不明白。

这时她朗若曙星的眼光，似乎已经历历地看出我心中的症结。便问说：“在你未生之前，世界上有你没有？在你既死之后，世界上有你没有？”我这时真不明白了，过了一会，忽然灵光一闪，觉得心下光明朗澈，欢欣鼓舞地说：“有，有，无论是生前，是死后，我还是我，‘生’和‘死’不过都是‘无限之生的界线’就是了。”

她微笑说：“你明白了，我再问你，什么叫作‘无限之生’？”我说：“‘无限之生’就是天国，就是极乐世界。”她说：“这光明神圣的地方，是发现在你生前呢？还是发现在你死后呢？”我说：“既然生前死后都是有我，这天国和极乐世界，就说是现在也有，也可以的。”

她说：“为什么现在世界上，就没有这样的地方呢？”我仿佛应道：“既然我们和万物都是结合的，到了完全结合的时候，便成了天国和极乐世界了，不过现在……”她止住了我的话，又说：“这样说来，天国和极乐世界，不是超出世外的，是不是呢？”我点了一点头。

她停了一会，便说：“我就是你，你就是我，你我就是万物，万物就是太空：是不可分析，不容分析的。这样——人和人中间的爱，人和万物，和太空中间的爱，是昙花么？是泡影么？那些英雄，帝王，杀伐争竞的事业，自然是虚空的了。我们要奔赴到那‘完全结合’的那个事业，难道也是虚空的么？去建设‘完全结合’的事业的人，难道从造物者看来，是如同小蚁微尘么？”我一句话也说不出来，只含着快乐信仰的珠泪，指头望着她。

她慢慢地举起手来，轻裾飘扬，那微妙的目光，悠扬着看我，琅琅的说：“万全的爱，无限的结合，是不分生——死——人——物的，无论什么，都不能抑制摧残他，你去罢，——你去奔那‘完全结合’的道路罢！”

这时她慢慢地飘了起来，似乎要乘风飞举。我连忙拉住她的衣角说：“我往哪里去呢？那条路在哪里呢？”她指着天边说：“你迎着他走去罢。你看——光明来了！”

轻软的衣裳，从我脸上拂过。慢慢地睁开眼，只见地平线边，漾出万道的霞光，一片的光明莹洁，迎着我射来。我心中充满了快乐，也微微地随她说道：“光明来了！

笑

冰心

雨声渐渐地住了，窗帘后隐隐地透进清光来。推开窗户一看，呀！凉云散了，树叶上的残滴，映着月儿，好似萤光千点，闪闪烁烁地动着。——真没想到苦雨孤灯之后，会有这么一幅清美的图画！

凭窗站了一会儿，微微的觉得凉意侵入。转过身来，忽然眼花缭乱，屋子里的别的东西，都隐在光云里；一片幽辉，只浸着墙上画中的安琪儿。——这白衣的安琪儿，抱着花儿，扬着翅儿，向着我微微地笑。

“这笑容仿佛在哪儿看见过似的，什么时候，我曾……”我不知不觉地便坐在窗口下想，——默默地想。

严闭的心幕，慢慢地拉开了，涌出五年前的一个印象。——一条很长的古道。驴脚下的泥，兀自滑滑的。田沟里的水，潺潺地流着。近村的绿树，都笼在湿烟里。弓儿似的新月，挂在树梢。一边走着，似乎道旁有一个孩子，抱着一堆灿白的东西。驴儿过去了，无意中回头一看。——他抱着花儿，赤着脚儿，向着我微微地笑。

“这笑容又仿佛是哪儿看见过似的！”我仍是想——默默地想。

又现出一重心幕来，也慢慢地拉开了，涌出十年前的一个印象。——茅檐下的雨水，一滴一滴落到衣上来。土阶边的水泡儿，泛来泛去地乱转。门前的麦垄和葡萄架子，都濯得新黄嫩绿的非常鲜丽。——一会儿好容易雨晴了，连忙走下坡儿去。迎头看见月儿从海面上来了，猛然记得有件东西忘下了，站住了，回过头来。这茅屋里的老妇人——她倚着门儿，抱着花儿，向着我微微地笑。这同样微妙的神情，好似游丝一般，飘飘漾漾地合了扰来，绾在一起。

这时心下光明澄静，如登仙界，如归故乡。眼前浮现的三个笑容，一时融化在爱的调和里看不分明了。

让自己活的有意思

朱自清

翻开辞典，“自”字下排列着数目可观的成语，这些“自”字多指自己而言。这中间包括着一大堆哲学，一大堆道德，一大堆诗文和废话，一大堆人，一大堆我，一大堆悲喜剧。自己“真乃天下第一英雄好汉”，有这么些可说的，值得说值不得说的！难怪纽约电话公司研究电话里最常用的字，在五百次通话中会发现三千九百九十次的“我”。这“我”字便是自己称自己的声音，自己给自己的名儿。

自爱自怜！真是天下第一英雄好汉也难免的，何况区区寻常人！冷眼看去，也许只觉得那枉自尊大狂妄得可笑；可是这只见了真理的一半儿。掉过脸儿来，自爱自怜确也有不得不自爱自怜的。幼小时候有父母爱怜你，特别是有母亲爱怜你。到了长大成人，“娶了媳妇儿忘了娘”，娘这样看时就不必再爱怜你，至少不必再像当年那样爱怜你。女的呢，“嫁出门的女儿，泼出门的水”；做母亲的虽然未必这样看，可是形格势禁而且鞭长莫及，就是爱怜得着，也只算找补点罢了。爱人该爱怜你？然而爱人们的嘴一例是甜蜜的，谁能说“你泥中有我，我泥中有你！”真有那么回事儿？赶到爱人变了太太，再生了孩子，你算成了家，太太得管家管孩子，更不能一心儿爱怜你。

你有时候会病，“久病床前无孝子”，太太怕也够倦的，够烦的。住医院？好，假如有运气住到像当年北平协和医院样的医院里去，倒是比家里强得多。但是护士们看护你，是服务，是工作；也许夹上点儿爱怜在里头，那是“好生之德”，不是爱怜你，是爱怜“人类”。你又不能老呆在家里，一离开家，怎么着也算“作客”；那时候更没有爱怜你的。可以有朋友招呼你；但朋友有朋友的事儿，哪能教他将心常放在你身上？可以有属员或仆役伺候你，那说得上是爱怜么？总而言之，天下第一爱怜自己的，只有自己；自爱自怜的道理就在这儿。

再说，“大丈夫不受人怜。”穷有穷干，苦有苦干；世界那么大，凭自己的身手，哪儿就打不开一条路？何必老是向人愁眉苦脸唉声叹气的！愁眉苦脸不顺耳，别人会来爱怜你？自己免不了伤心的事儿，咬紧牙关忍着，等些日子，等些年月，会平静下去的。说说也无妨，只别不拣时候不看地方老是向人叨叨，叨叨得谁也不耐烦地岔开你或者躲开你。也别怨天怨地将一大堆感叹的句子向人身上扔过去。你怨的是天地，倒碍不着别人，只怕别人奇怪你的火气怎么这样大。——自己也免不了吃别人的亏。值不得计较的，不做声吞下肚去。出入大的想法子复仇，力量不够，卧薪尝胆地准备着。可别这儿那儿尽嚷嚷——嚷嚷完了一扔开，倒便宜了那欺负你的人。“好汉胳膊折了往袖子里藏”，为的是不在人面前露怯相，要人爱怜这“苦人儿”似的，这是要强，不是装。说也怪，不受人怜的人倒是能得人怜的人；要强的人总是最能自爱自怜的人。

大丈夫也罢，小丈夫也罢，自己其实是渺乎其小的，整个儿人类只是一个小圆球上一些碳水化合物，像现代一位哲学家说的，别提一个人的自己了。庄子所谓马体一毛，其实还是放大了看的。英国有一家报纸登过一幅漫画，画着一个人，仿佛在一间铺子里，周遭陈列着从他身体里分析出来的各种原素，每种标明分量和价目，总数是五先令——那时合七元钱。现在物价涨了，怕要合国币一千元了罢？然而，个人的自己也就值区区这一千元儿！自己这般渺小，不自爱自怜着点又怎么着！然而，“顶天立地”的是自己，“天地与我并生，万物与我为一”的也是自己；有你说这些大处只是好听的话语，好看的文句？你能愣说这样的自己没有！有这么的自己，岂不更值得自爱自怜的？再说自己的扩大，在一个寻常人的生活里也可见出。且先从小处看。小孩子就爱搜集各国的邮票，正是在扩大自己的世界。从前有人劝学世界语，说是可以和各国人通信。你觉得这话幼稚可笑？可是这未尝不是扩大自己的一个方向。再说这回抗战，许多人都走过了若干地方，增长了若干阅历。特别是青年人身上，你一眼就看出来，他们是和抗战前不同了，他们的自己扩大了。——这样看，自己的小，自己的大，自己的由小而大。在自己都是好的。

自己都觉得自己好，不错；可是自己的确也都爱好。做官的都爱做好官，不过往往只知道爱做自己家里人的好官，自己亲戚朋友的好官；这种好官往往是自己国家的贪官污吏。做盗贼的也都爱做好盗贼——好喽啰，好伙伴，好头儿，可都只在贼窝里。有大好，有小好，有好得这样坏。自己关闭在自己的丁点大的世界里，往往越爱好越坏。所以非扩大自己不可。但是扩大自己得一圈儿一圈儿的，得充实，得踏实。别像肥皂泡儿，一大就裂。“大丈夫能屈能伸”，该屈的得屈点儿，别只顾伸出自己去。也得估计自己的力量。力量不够的话，“人一能之，己百之；人十能之，己千之”；得寸是寸，得尺是尺。

总之路是有的。看得远，想得开，把得稳；自己是世界的时代的一环，别脱了节才真算好。力量怎样微弱，可是是自己的。相信自己，靠自己，随时随地尽自己的一份儿往最好里做去，让自己活得有意思，一时一刻一分一秒都有意思。这么着，自爱自怜才真是有道理的。

先来想想别人吧

朱自清

有自己才有别人，也有别人才有自己。人人都懂这个道理，可是许多人不能行这个道理。本来自己以外都是别人，可是有相干的，有不相干的。可以说是“我的”那些，如我的父母妻子，我的朋友等，是相干的别人，其余的是不相干的别人。相干的别人和自己合成家族亲友；不相干的别人和自己合成社会国家。自己也许愿意只顾自己，但是自己和别人是相对的存在，离开别人就无所谓自己，所以他得顾到家族亲友，而社会国家更要他顾到那些不相干的别人。所以“自了汉”不是好汉，“自顾自”不是好话，“自私自利”，“不顾别人死活”，“只知有己，不知有人”的，更都不是好人。所以孔子之道只是个忠恕：忠是己之所欲，以施于人，恕是“己所不欲，勿施于人”。这是一件事的两面，所以说“一以贯之”。孔子之道，只是教人为别人着想。

可是儒家有“亲亲之杀”的话，为别人着想也有个层次。家族第一，亲戚第二，朋友第三，不相干的别人挨边儿。几千年来顾家族是义务，顾别人多多少少只是义气；义务是分内，义气是分外。可是义务似乎太重了，别人压住了自己。这才来了五四时代。这是个自我解放的时代，个人从家族的压迫下挣出来，开始独立在社会上。于是乎自己第一，高于一切，对于别人，几乎什么义务也没有了似的。可是又都要改造社会，改造国家，甚至于改造世界，说这些是自己的责任。虽然是责任，却是无限的责任，爱尽不尽，爱尽多少尽多少；反正社会国家世界都可以只是些抽象名词，不像一家老小在张着嘴等着你。所以自己顾自己，在实际上第一，兼顾社会国家世界，在名义上第一。这算是义务。顾到别人，无论相干的不相干的，都只是义气，而且是客气。这些解放了的，以及生得晚没有赶上那种压迫的人，既然自己高于一切，别人自当不在眼下，而居然顾到别人，自当算是客气。其实在这些天子骄子各自的眼里，别人都似乎为自己活着，都得来供养自己才是道理。“我爱我”成为风气，处处为自己着想，说是“真”；为别人着想倒说是“假”，是“虚伪”。可是这儿“假”倒有些可爱，“真”倒有些可怕似的。

为别人着想其实也只是从自己推到别人，或将自己当作别人，和为自己着想并无根本的差异。不过推己及人，设身处地，确需要相当的勉强，不像“我爱我”那样出于自然。所谓“假”和“真”大概是这种意思。这种“真”未必就好，这种“假”也未必就是不好。读小说看戏，往往会为书中人戏中人捏一把汗，掉眼泪，所谓替古人担忧。这也是推己及人，设身处地；可是因为人和地只在书中戏中，并非实有，没有利害可计较，失去相干的和不相干的那分别，所以“推”“设”起来，也觉自然而然。作小说的演戏的就不能如此，得观察，揣摩，体贴别人的口气，身份，心理，才能达到“逼真”的地步。特别是演戏，若不能忘记自己，那非糟不可。这个得勉强自己，训练自己；训练越好，越“逼真”，越美，越能感染读者和观众。如果“真”是“自然”，小说的读者，戏剧的观众那样为别人着想，似乎不能说是“假”。小说的作者，戏剧的演员的观察，揣摩，体贴，似乎“假”，可是他们能以达到“逼真”的地步，所求的还是“真”。在文艺里为别人着想是“真”，在实生活里却说是“假”，“虚伪”，似乎是利害的计较使然；利害的计较是骨子，“真”，“假”，“虚伪”只是好看的门面罢了。计较利害过了分，真是像法朗士说的“关闭在自己的牢狱里”；老那么关闭着，非死不可。这些人幸而还能读小说看戏，该仔细吟味，从那里学习学习怎样为别人着想。

“五四”以来，集团生活发展。这个那个集团和家族一样是具体的，不像社会国家有时可以只是些抽象名词。集团生活将原不相干的别人变成相干的别人，要求你也训练你顾到别人，至少是那广大的相干的别人。集团的约束力似乎一直在增强中，自己不得不为别人着想。那自己第一，自己高于一切的信念似乎渐渐低下头去了。可是来了抗战的大时代。抗战的力量无疑地出于二十年来集团生活的发展。可是抗战以来，集团生活发展得太快了，这儿那儿不免有多少还不能够得着均衡的地方。个人就又出了头，自己就又可以高于一切；现在却不说什么“真”和“假”了，只凭着神圣的抗战的名字做那些自私自利的事，名义上是顾别人，实际上只顾自己。自己高于一切，自己的集团或机关也就高于一切；自己肥，自己机关肥，别人瘦，别人机关瘦，乐自己的，管不着！——瘦瘪了，饿死了，活该！相信最后的胜利到来的时候，别人总会压下那些猖獗的卑污的自己的。这些年自己实在太猖獗了，总盼望压下它的头去。自然，一个劲儿顾别人也不一定好。仗义忘身，急人之急，确是英雄好汉，但是难得见。常见的不是敷衍妥协的乡愿，就是卑屈甚至谄媚的可怜虫，这些人只是将自己丢进了垃圾堆里！可是，有人说得好，人生是个比例问题。目下自己正在张牙舞爪的，且头痛医头，脚痛医脚，先来多想想别人罢！

常患些小病是必要的

老舍

大病往往离死太近，一想便寒心，总以不患为是。即使承认病死比杀头活埋剥皮等死法光荣些，到底好死不如歹活着。半死不活的味道使盖世的英雄泪下如雨呀。拿死吓唬任何生物是不人道的。大病专会这么吓唬人，理当回避，假若不能扫除净尽。

可是小病便当另作一说了。山上的和尚思凡，比城里的学生要厉害许多。同样，楚霸王不害病则没得可说，一病便了不得。生活是种律动，须有光有影，有左有右，有晴有雨；滋味就含在这变而不猛的曲折里。微微暗些，然后再明起来，则暗得有趣，而明乃更明；且至明过了度，忽然烧断，如百烛电灯泡然。这个，照直了说，便是小病的作用。常患些小病是必要的。

所谓小病，是在两种小药的能力圈内，阿司匹林与清瘟解毒丸是也。这两种药所不治的病，顶好快去请大夫，或者立下遗嘱，备下棺材，也无所不可，咱们现在讲的是自己能当大夫的“小”病。这种小病，平均每个半月犯一次就挺合适。一年四季，平均犯八次小病，大概不会再患什么重病了。自然也有爱患完小病再患大病的人，那是个人的自由 ，不在话下。

咱们说的这类小病很有趣。健康是幸福；生活要趣味。所以应当讲说一番：

小病可以增高个人的身份。不管一家大小是靠你吃饭，还是你白吃他们，日久天长，大家总对你冷淡。假若你是挣钱的，你越尽责，人们越挑眼，好像你是条黄狗，见谁都得连忙摆尾；一尾没摆到，即使不便明言，也暗中唾你几口。不大离的你必得病一回，必得！早晨起来，哎呀，头疼！买清瘟解毒丸去，还有阿司匹林吗？不在乎要什么，要的是这个声势，狗的地位提高了不知多少。连懂点事的孩子也要闭眼想想了——这棵树可是倒不得呀！你在这时节可以发散发散狗的苦闷了，卫生的要术。你若是个白吃饭的，这个方法也一样灵验。特别是妈妈与老嫂子，一见你真需要阿司匹林，她们会知道你没得到你所应得的尊敬，必能设法安慰你：去听听戏，或带着孩子们看电影去吧？她们诚意地向你商量，本来你的病是吃小药饼或看电影都可以治好的，可是你的身份高多了呢。在朋友中，社会中，光景也与此略同。

此外，小病两日而能自己治好，是种精神的胜利。人就是别投降给大夫。无论国医西医，一律招惹不得。头疼而去找西医，他因不能断症——你的病本来不算什么——一定嘱告你住院，而后详加检验，发现了你的小脚趾头不是好东西，非割去不可。十天之后，头疼确是好了，可是足指剩了九个。国医文明一些，不提小脚趾头这一层，而说你气虚，一开便开二十味药，他越摸不清你的脉，越多开药，意在把病吓跑。就是不找大夫。预防大病来临，时时以小病发散之，而小病自己会治，这就等于“吃了萝卜喝热茶，气得大夫满街爬！”

有宜注意者：不当害这种病时，别害。头疼，大则足以失去一个王位，小则能惹出是非。设个小比方：长官约你陪客，你说头疼不去，其结果有不易消化者。怎样利用小病，须在全部生活艺术中搜求出来。看清机会，而后一想象，乃由无病而有病，利莫大焉。

这个，从实际上看，社会上只有一部分人能享受，差不多是一种雅好的奢侈。可是，在一个理想国里，人人应该有这个自由与享受。自然，在理想国内也许有更好的办法；不过，什么办法也不及这个浪漫，这是小品病。

忙

老舍

近来忙得出奇。恍惚之间，仿佛看见一狗，一马，或一驴，其身段神情颇似我自己；人兽不分，忙之罪也！

每想随遇而安，贫而无谄，忙而不怨。无谄已经做到；无论如何不能欢迎忙。

这并非想偷懒。真理是这样：凡真正工作，虽流汗如浆，亦不觉苦。反之，凡自己不喜作，而不能不作，作了又没什么好处者，都使人觉得忙，且忙得头疼。想当初，苏格拉底终日奔忙，而忙得从容，结果成了圣人；圣人为真理而忙，故不手慌脚乱。即以我自己说，前年写《离婚》的时候，本想由六月初动笔，八月十五交卷。及至拿起笔来，天气热得老在九十度以上，心中暗说不好。可是写成两段以后，虽腕下垫吃墨纸以吸汗珠，已不觉得怎样难受了。“七”月十五日居然把十二万字写完！因为我爱这种工作哟！我非圣人，也知道真忙与瞎忙之别矣。

所谓真忙，如写情书，如种自己的地，如发现九尾彗星，如在灵感下写诗作画，虽废寝忘食，亦无所苦。这是真正的工作，只有这种工作才能产生伟大的东西与文化。人在这样忙的时候，把自己已忘掉，眼看的是工作，心想的是工作，做梦梦的是工作，便无暇计及利害金钱等等了；心被工作充满，同时也被工作洗净，于是手脚越忙，心中越安怡，不久即成圣人矣。情书往往成为真正的文学，正在情理之中。

所谓瞎忙，表面上看来是热闹非常，其实呢它使人麻木，使文化退落，因为忙得没意义，大家并不愿作那些事，而不敢不作；不作就没饭吃。在这种忙乱情形中，人们像机器般的工作，忙完了一饱一睡，或且未必一饱一睡，而半饱半睡。这里，只有奴隶，没有自由人；奴隶不会产生好的文化。这种忙乱把人的心杀死，而身体也不见得能健美。它使人恨工作，使人设尽方法去偷油儿。我现在就是这样，一天到晚在那儿作事，全是我不爱作的。我不能不去作，因为眼前有个饭碗；多咱我手脚不动，那个饭碗便拍地一声碎在地上！我得努力呀，原来是为那个饭碗的完整，多么高伟的目标呀！试观今日之世界，还不是个饭碗文明！

因此，我羡慕苏格拉底，而恨他的时代。苏格拉底之所以能忙成个圣人，正因为他的社会里有许多奴隶。奴隶们为苏格拉底作工，而苏格拉底们乃得忙其所乐意忙者。这不公道！在一个理想的文化中，必能人人工作，而且乐意工作，即便不能完全自由 ，至少他也不完全被责任压得翻不过身来，他能把眼睛从饭碗移开一会儿，而不至立刻拍的一声打个粉碎。在这样的社会里，大家才会真忙，而忙得有趣，有成绩。在这里，懒是一种惩罚；三天不作事会叫人疯了；想想看，灵感来了，诗已在肚中翻滚，而三天不准他写出来，或连哼哼都不许！懒，在现在的社会里，是必然的结果，而且不比忙坏；忙出来的是什么？那么，懒又有什么不可以呢？

世界上必有那么一天，人类把忙从工作中赶出去，人家都晓得，都觉得，工作的快乐，而越忙越高兴；懒还不仅是一种羞耻，而是根本就受不了的。自然，我是看不到那样的社会了；我只能在忙得——瞎忙——要哭的时候这么希望一下吧。

读书的艺术

林语堂

读书或书籍的享受素来被视为有修养的生活上的一种雅事，而在一些不大有机会享受这种权利的人们看来，这是一种值得尊重和妒忌的事。当我们把一个不读书者和一个读书者的生活上的差异比较一下，这一点便很容易明白。那个没有养成读书习惯的人，以时间和空间而言，是受着他眼前的世界所禁锢的。他的生活是机械化的，刻板的；他只跟几个朋友和相识者接触谈话，他只看见他周遭所发生的事情。他在这个监狱里是逃不出去的。可是当他拿起一本书的时候，他立刻走进一个不同的世界；如果那是一本好书，他便立刻接触到世界上一个最健谈的人。这个谈话者引导他前进，带他到一个不同的国度或不同的时代，或者对他发泄一些私人的悔恨，或者跟他讨论一些他从来不知道的学问或生活问题。一个古代的作家使读者随一个久远的死者交通；当他读下去的时候，他开始想象那个古代的作家相貌如何，是哪一类的人。孟子和中国最伟大的历史家司马迁都表现过同样的观念。一个人在十二小时之中，能够在一个不同的世界里生活二小时，完全忘怀眼前的现实环境：这当然是那些禁锢在他们的身体监狱里的人所妒羡的权利。这么一种环境的改变，由心理上的影响说来，是和旅行一样的。

不但如此。读者往往被书籍带进一个思想和反省的境界里去。纵使那是一本关于现实事情的书，亲眼看见那些事情或亲历其境，和在书中读到那些事情，其间也有不同的地方，因为在书本里所叙述的事情往往变成一片景象，而读者也变成一个冷眼旁观的人。所以，最好的读物是那种能够带我们到这种沉思的心境里去的读物，而不是那种仅在报告事情的始末的读物。我认为人们花费大量的时间去阅读报纸，并不是读书，因为一般阅报者大抵只注意到事件发生或经过的情形的报告，完全没有沉思默想的价值。

据我看来，关于读书的目的，宋代的诗人和苏东坡的朋友黄山谷所说的话最妙。他说："三日不读，便觉语言无味，面目可憎。"他的意思当然是说，读书使人得到一种优雅和风味，这就是读书的整个目的，而只有抱着这种目的的读书才可以叫作艺术。一人读书的目的并不是要"改进心智"，因为当他开始想要改进心智的时候，一切读书的乐趣便丧失净尽了。他对自己说："我非读莎士比亚的作品不可，我非读索福克勒斯（Sophocles）的作品不可，我非读伊里奥特博士（Dr • Eliot）的《哈佛世界杰作集》不可，使我能够成为有教育的人。"我敢说那个人永远不能成为有教育的人。他有一天晚上会强迫自己去读莎士比亚的《哈姆雷特》，读毕好像由一个噩梦中醒转来，除了可以说他已经"读"过《哈姆雷特》之外，并没有得到什么益处。一个人如果抱着义务的意识去读书，便不了解读书的艺术。这种具有义务目的的读书法，和一个参议员在演讲之前阅读文件和报告是相同的。这不是读书，而是寻求业务上的报告和消息。

所以，依黄山谷氏的说话，那种以修养个人外表的优雅和谈吐的风味为目的的读书，才是唯一值得嘉许的读书法。这种外表的优雅显然不是指身体上之美。黄氏所说的"面目可憎"，不是指身体上的丑陋。丑陋的脸孔有时也会有动人之美，而美丽的脸孔有时也会令人看来讨厌。我有一个中国朋友，头颅的形状像一颗炸弹，可是看到他却使人欢喜。据我在图画上所看见的西洋作家，脸孔最漂亮的当推吉斯透顿。他的髭须，眼镜，又粗又厚的眉毛，和两眉间的皱纹，合组而成一个恶魔似的容貌。我们只觉得那个头额中有许许多多的思念在转动着，随时会由那对古怪而锐利的眼睛里迸发出来。那就是黄氏所谓美丽的脸孔，一个不是脂粉装扮起来的脸孔，而是纯然由思想的力量创造起来的脸孔。讲到谈吐的风味，那完全要看一个人读书的方法如何。一个人的谈吐有没有“味”，完全要看他的读书方法。如果读者获得书中的“味”，他便会在谈吐中把这种风味表现出来；如果他的谈吐中有风味，他在写作中也免不了会表现出风味来。

所以，我认为风味或嗜好是阅读一切书籍的关键。这种嗜好跟对食物的嗜好一样，必然是有选择性的，属于个人的。吃一个人所喜欢吃的东西终究是最合卫生的吃法，因为他知道吃这些东西在消化方面一定很顺利。读书跟吃东西一样，“在一人吃来是补品，在他人吃来是毒质”。教师不能以其所好强迫学生去读，父母也不能希望子女的嗜好和他们一样。如果读者对他所读的东西感不到趣味，那么所有的时间全都浪费了。袁中郎曰：“所不好之书，可让他人读之。”

所以，世间没有什么一个人必读之书。因为我们智能上的趣味像一棵树那样地生长着，或像河水那样地流着。只要有适当的树液，树便会生长起来，只要泉中有新鲜的泉水涌出来，水便会流着。当水流碰到一个花岗岩石时，它便由岩石的旁边绕过去；当水流涌到一片低洼的溪谷时，它便在那边曲曲折折地流着一会儿；当水流涌到一个深山的池塘时，它便恬然停驻在那边；当水流冲下急流时，它便赶快向前涌去。这么一来，虽则它没有费什么气力，也没有一定的目标，可是它终究有一天会到达大海。世上无人人必读的书，只有在某时某地，某种环境，和生命中的某个时期必读的书。我认为读书和婚姻一样，是命运注定的或阴阳注定的。纵使某一本书，如《圣经》之类，是人人必读的，读这种书也有一定的时候。当一个人的思想和经验还没有达到阅读一本杰作的程度时，那本杰作只会留下不好的滋味。孔子曰："五十以学《易》。"便是说，四十五岁时候尚不可读《易经》。孔子在《论语》中的训言的冲淡温和的味道，以及他的成熟的智慧，非到读者自己成熟的时候是不能欣赏的。

且同一本书，同一读者，一时可读出一时之味道来。其景况适如看一名人相片，或读名人文章，未见面时，是一种味道，见了面交谈之后，再看其相片，或读其文章，自有另外一层深切的理会。或是与其人绝交以后，看其照片，读其文章，亦另有一番味道。四十学《易》是一种味道，到五十岁看过更多的人世变故的时候再去学《易》，又是一种味道。所以，一切好书重读起来都可以获得益处和新乐趣。我在大学的时代被学校强迫去读《西行记》（*Westward Ho!*）和《亨利埃士蒙》（*Henry Esmond*），可是我在十余岁时候虽能欣赏《西行记》的好处，《亨利埃士蒙》的真滋味却完全体会不到，后来渐渐回想起来，才疑心该书中的风味一定比我当时所能欣赏的还要丰富得多。

书的梦

孙犁

到市场买东西，也不容易。一要身强体壮，二要心胸宽阔。因为种种原因，我足不入市，已经有很多年了。这当然是因为有人帮忙，去购置那些生活用品。夜晚多梦，在梦里却常常进入市场。在喧嚣拥挤的人群中，我无视一切，直奔那卖书的地方。

远远望去，破旧的书床上好像放着几种旧杂志或旧字帖。顾客稀少，主人态度也很和蔼。但到那里定睛一看，却往往令人失望，毫无所得。

按照弗罗伊德的学说，这种梦境，实际上是幼年或青年时代，残存在大脑皮质上的一种印象的再现。

是的，我梦到的常常是农村的集市景象：在小镇的长街上，有很多卖农具的，卖吃食的，其中偶尔有卖旧书的摊贩。或者，在杂乱放在地下的旧货中间，有几本旧书，它们对我最富有诱惑的力量。

这是因为，在童年时代，常常在集市或庙会上，去光顾那些出售小书的摊贩。他们出卖各种石印的小说、唱本。有时，在戏台附近，还会遇到陈列在地下的，可以白白拿走的，宣传耶稣教义的各种圣徒的小传。

在保定上学的时候，天华市场有两家小书铺，出卖一些新书。在大街上，有一种当时叫作“一折八扣”的廉价书，那是新旧内容的书都有的，印刷当然很劣。

有一回，在紫河套的地摊上，买到一部姚鼐编的《古文辞类纂》，是商务印书馆的铅印大字本，花了一圆大洋。这在我是破天荒的慷慨之举，又买了二尺花布，拿到一家裱画铺去做了一个书套。但保定大街上，就有商务印书馆的分馆，到里面买一部这种新书，所费也不过如此，才知道上了当。

后来又在紫河套买了一本大字的夏曾佑撰写的《中国历史教科书》（就是后来的《中国古代史》），也是商务排印的大字本，共两册。

最后一次逛紫河套，是一九五二年。我路过保定，远千里同志陪我到“马号”吃了一顿童年时爱吃的小馆，又看了“列国”古迹，然后到紫河套。在一家收旧纸的店铺里，远买了一部石印的《李太白集》。这部书，在远去世后，我在他的夫人于雁军同志那里还看见过。

中学毕业以后，我在北平流浪着。后来，在北平市政府当了一名书记。这个书记，是当时公务人员中最低的职位，专事抄写，是一种雇员，随时可以解职的，每月有二十元薪金。在那里，我第一次见到了旧官场、旧衙门的景象。那地方倒很好，后门正好对着北平图书馆。我正在青年，富于幻想，很不习惯这种职业。我常常到图书馆去看书。到北新桥、西单商场、西四牌楼、宣武门外去逛旧书摊。那时买书，是节衣缩食，所购完全是革命的书。我记得买过六期《文学月报》，五期《北斗》杂志，还有其他一些革命文艺期刊，如《奔流》、《萌芽》、《拓荒者》、《世界文化》等。有时就带上这些刊物去“上衙门”。我住在石驸马大街附近，东太平街天仙庵公寓。那里的一位老工友，见我出门，就如此恭维。好在科里都是一些混饭吃、不读书的人，也没人过问。 中学毕业以后，我在北平流浪着。后来，在北平市政府当了一名书记。这个书记，是当时公务人员中最低的职位，专事抄写，是一种雇员，随时可以解职的，每月有二十元薪金。

我们办公的地方，是在一个小偏院的西房。这个屋子里最高的职位，是一名办事员，姓贺。他的办公桌摆在靠窗的地方，而且也只有他的桌子上有块玻璃板。他的对面也是一位办事员，姓李，好像和市长有些瓜葛，人比较文雅。家就住在府右街，他结婚的时候，我随礼去过。

我的办公桌放在西墙的角落里，其实那只是一张破旧的板桌，根本不是办公用的，桌子上也没有任何文具，只堆放着一些杂物。桌子两旁，放了两条破板凳，我对面坐着一位姓方的青年，是破落户子弟。他写得一手好字，只是染上了严重的嗜好。整天坐在那里打盹，睡醒了就和我开句玩笑。

那位贺办事员，好像是南方人，一上班嘴里的话是不断的，他装出领袖群伦的模样，对谁也不冷淡。他见我好看小说，就说他认识张恨水的内弟。

很久我没有事干，也没人分配给我工作。同屋有位姓石的山东人，为人诚实，他告诉我，这种情况并不好，等科长来考勤，对我很不利。他比较老于官场，他说，这是因为朝中无人的缘故。我那时不知此中的利害，还是把书本摆在那里看。

我们这个科是管市民建筑的。市民要修房建房，必须请这里的技术员，去丈量地基，绘制蓝图，看有没有侵占房基线。然后在窗口那里领照。

我们科的一位股长，是一个胖子，穿着蓝绸长衫，和下僚谈话的时候，老是把一只手托在长衫的前襟下面，做撩袍端带的姿态。他当然不会和我说话的。

有一次，我写了一个请假条寄给他。我虽然看过《酬世大观》，在中学也读过陈子展的《应用文》，高中时的国文老师，还常常把他替要人们拟的公文，发给我们当作教材。但我终于在应用时把“等因奉此”的程式用错了。听姓石的说，股长曾拿到我们屋里，朗诵取笑。股长有一个干儿，并不在我们屋里上班，却常常到我们屋里瞎串。这是一个典型的京华恶少，政界小人。他也好把一只手托在长衫下面，不过他的长衫，不是绸的，而是蓝布，并且旧了。有一天，他又拿那件事开我的玩笑，激怒了我，我当场把他痛骂一顿，他就满脸陪笑地走了。

当时我血气方刚，正是一语不合拔剑而起的时候，更何况初入社会，就到了这样一处地方，满腹怨气，无处发作，就对他来了。

我是由志成中学的体育教师介绍到那里工作的。他是当时北方的体育明星，娶了一位宦门小姐。他的外兄是工务局的局长。所以说，我官职虽小，来头还算可以。不到一年，这位局长下台，再加上其他原因，我也就“另候任用”了。

我被免职以后，同事们照例是在东来顺吃一次火锅，然后到娱乐场所玩玩。和我一同免职的，还有一位家在北平附近的人，脸上有些麻子，忘记了他的姓。他是做外勤的，他的为人和他的破旧自行车上的装备，给人一种商人小贩的印象，失业对他是沉重的打击。走在街上，他悄悄地对我说：

“孙兄，你是公子哥儿吧，怎么你一点也不在乎呀！”

我没有回答。我想说：我的精神支柱是书本，他当然是不能领会的。其实，精神支柱也不可靠，我所以不在意，是因为这个职位，实在不值得留恋。另外，我只身一人，这里没有家口，实在不行，我还可以回老家喝粥去。

和同事们告别以后，我又一个人去逛西单商场的书摊。渴望已久的，鲁迅先生翻译的《死魂灵》一书，已经陈列在那里了。用同事们带来的最后一次薪金，购置了这本名著，高高兴兴回到公寓去了。

说书

叶圣陶

因为我是苏州人，陈望道先生要我谈谈苏州的说书。我从七八岁的时候起，私塾里放了学，常常跟着父亲去“听书”。到十三岁进了学校才间断，这几年间听的“书”真不少。“小书”如《珍珠塔》《描金凤》《三笑》《文武香球》，“大书”如《三国志》《水浒》《英烈》《金台传》，都不止听一遍，最多的听到三遍四遍。但是现在差不多忘记干净了，不要说“书”里的情节，就是几个主要人物的姓名也说不齐全了。

“小书”说的是才子佳人，“大书”说的是历史故事跟江湖好汉，这是大概的区别。“小书”在表白里夹着唱词，唱的时候说书人弹着三弦；如果是双档（两个人登台），另外一个就弹琵琶或者打铜丝琴。“大书”没有唱词，完全是表白。说“大书”的那把黑纸扇比较说“小书”的更为有用，几乎是一切“道具”的代替品，诸葛不离手的鹅毛扇，赵子龙手里的长枪，李逵手里的板斧，胡大海手托的千斤石，都是那把黑纸扇。

说“小书”的唱唱词据说是依“中州韵”的，实际上十之八九是方音，往往不分，“真”“庚”同韵。唱的调子有两派：一派叫“马调”，一派叫“俞调”。“马调”质朴，“俞调”婉转。“马调”容易听清楚，“俞调”抑扬大多？唱得不好，把字音变了，就听不明白。“俞调”又比较是女性的，说书的如果是中年以上的，勉强逼紧了喉咙，发出撕裂似的声音来，真叫人坐立不安，浑身肉麻。

“小书”要说得细腻。《珍珠塔》里的陈翠娥见母亲势利，冷待远道来访的穷表弟方卿，私自把珍珠塔当作干点心送走了他。后来忽听得方卿来了，是个唱“道情”的穷道士打扮，要求见她。她料知其中必有蹊跷，下楼去见他呢还是不见他，踌躇再四，于是下了几级楼梯就回上去，上去了又走下几级来，这样上上下下有好多回，一回有一回的想头。这段情节在名手有好几天可以说。其时听众都异常兴奋，彼此猜测，有的说“今天陈小姐总该下楼梯了”，有的说“我看明天还得回上去呢”。

“大书”比较“小书”尤其着重表演。说书人坐在椅子上，前面是一张半桌，偶然站起来，也不很容易回旋，可是像演员上了戏台一样，交战，打擂台，都要把双方的姿态做给人家看。据内行家的意见，这些动作要做得沉着老到，一丝不乱，才是真功夫。说到这等情节自然很吃力，所以这等情节也就是“大书”的关子。譬如听《水浒》，前十天半个月就传说“明天该是景阳冈打虎了”，但是过了十天半个月，还只说到武松醉醺醺跑上冈子去。

说“大书”的又有一声“咆头”，算是了不得的“力作”。那是非常之长的喊叫，舌头打着滚，声音从阔大转到尖锐，又从尖锐转到奔放，有本领地喊起来，大概占到一两分钟的时间：算是勇夫发威时候的吼声。张飞喝断灞陵桥就是这么一声“咆头。”听众听到了“咆头”，散出书场来还觉得津津有味。

无论“小书”和“大书”，说起来都有“表”跟“白”的分别。“表”是用说书人的口气叙述；“白”是说书人说书中人的话。所以“表”的部分只是说书人自己的声口，而“白”的部分必须起角色，生旦净丑，男女老少，各如书中人的身份。起角色的时候，大概贴旦丑角之类仍用苏白，正角色就得说“中州韵”，那就是“苏州人说官活”了。

说书并不专说书中的事，往往在可以旁生枝节的地方加入许多“穿插”。“穿插”的来源无非《笑林广记》之类，能够自出心裁地编排一两个“穿插”的当然是能手了。关于性的笑话最受听众欢迎，所以这类“穿插”差不多每回可以听到。最后的警句说了出来之后，满场听众个个哈哈大笑，一时合不拢嘴来。

书场设在茶馆里。除了苏州城里，各乡镇的茶馆也有书场。也不止苏州一地，大概整个吴方言区域全是这批说书人的说教地。直到如今还是如此。听众是士绅以及商人，以及小部分的工人农民。从前女人不上茶馆听书，现在可不同了。听书的人在书场里欣赏说书人的艺术，同时得到种种的人生经验：公子小姐的恋爱方式，何用式的阴谋诡计，君师主义的社会观，因果报应的伦理观，江湖好汉的大块分金，大碗吃肉，超自然力的宰制人间，无法抵抗……也说不尽这许多，总之，那些人生经验是非现代的。

现在，书场又设到无线电播音室里去了。听众不用上茶馆只要旋转那“开关”，就可以听到叮叮咚咚的弦索声或者海瑞、华太师等人的一声长嗽。非现代的人生经验利用了现代的利器来传播，这真是时代的讽刺。

第四部分

人可以不完美，
但可以很精彩

有缺失，才会有希望；万物皆不完美，人生总有缺憾。我们要以完美的心，接受并不完美的人生。只有真正懂得包容不完美的人，才能获得精彩的人生。

我的母亲

胡适

我小时候身体弱，不能跟着野蛮的孩子们一块儿玩。我母亲也不准我和他们乱跑乱跳。小时不曾养成活泼游戏的习惯，无论在什么地方，我总是文绉绉地。所以家乡老辈都说我“像个先生样子”，遂叫我做“穈先生”。这个绰号叫出去之后，人都知道三先生的小儿子叫作穈先生了。既有“先生”之名，我不能不装出点“先生”样子，更不能跟着顽童们“野”了。有一天，我在我家八字门口和一班孩子“掷铜钱”，一位老辈走过，见了我，笑道：“穈先生也掷铜钱吗？”我听了羞愧得面红耳热，觉得大失了“先生”的身份！

大人们鼓励我装先生样子，我也没有嬉戏的能力和习惯，又因为我确是喜欢看书，所以我一生可算是不曾享过儿童游戏的生活。每年秋天，我的庶祖母同我到田里去“监割”（顶好的田，水旱无忧，收成最好，佃户每约田主来监割，打下谷子，两家平分。），我总是坐在小树下看小说。十一二岁时，我稍活泼一点，居然和一群同学组织了一个戏剧班，做了一些木刀竹枪，借得了几副假胡须，就在村口田里做戏。我做的往往是诸葛亮、刘备一类的文角儿；只有一次我做史文恭，被花荣一箭从椅子上射倒下去，这算是我最活泼的玩艺儿了。

我在这九年（1895——1904）之中，只学得了读书写字两件事。在文字和思想（看下章）的方面，不能不算是打了一点底子。但别的方面都没有发展的机会。有一次我们村里。“当朋”（八都凡五村，称为“五朋”，每年一村轮着做太子会，名为“当朋”。），筹备太子会，有人提议要派我加入前村的昆腔队里学习吹笙或吹笛，族里长辈反对，说我年纪太小，不能跟着太子会走遍五朋。于是我失掉了这学习音乐的唯一机会。三十年来，我不曾拿过乐器，也全不懂音乐，究竟我有没有一点学音乐的天资，我至今还不知道。至于学图画，更是不可能的事。我常常用竹纸蒙在小说的石印绘象上，摹画书上的英雄美人。有一天，被先生看见了，挨了一顿大骂，抽屉里的图画都被搜出撕毁了。于是我又失掉了学做画家的机会。

但这九年的生活，除了读书看书之外，究竟给了我一点做人的训练。在这一点上，我的恩师就是我的慈母。

每天天刚亮时，我母亲就把我喊醒，叫我披衣坐起。我从不知道她醒来坐了多久了。她看见我清醒了，才对我说昨天我做错了什么事，说错了什么话，要我用功读书。有时候她对我说父亲的种种好处，她说，“你总要踏上你老子的脚步。我一生只晓得这一个完全的人，你要学他，不要跌他的股。”（跌股便是丢脸，出丑。）她说到伤心处，往往掉下泪来。到天大明时，她才把我的衣服穿好，催我去上早学。学堂门上的锁匙放在先生家里；我先到学堂门口一望，便跑到先生家里去敲门。先生家里有人把锁匙从门缝里递出来，我拿了跑回去，开了门，坐下念生书。十天之中，总有八九天我是第一个去开学堂门的。等到先生来了，我背了生书，才回家吃早饭。

我母亲管束我最严，她是慈母兼任严父。但她从来不在别人面前骂我一句，打我一下。我做错了事，她只对我一望，我看了她的严厉眼光，就吓住了。犯的事小，她等到第二天早晨我眼醒时才教训我。犯的事大，她等到晚上人静时，关了房门，先责备我，然后行罚，或罚跪，或拧我的肉。无论怎样重罚，总不许我哭出声来。她教训儿子不是借此出气叫别人听的。

有一个初秋的傍晚，我吃了晚饭，在门口玩，身上只穿了一件单背心。这时候我母亲的妹子玉英姨母在我家住，她怕我冷，拿了一件小衫出来叫我穿上。我不肯穿，她说："穿上吧，凉了。"我随口回答："娘（凉）什么！老子都不老子呀。"我刚说了这句话，一抬头，看见母亲从家里走出，我赶快把小衫穿上。但她已听见这句轻薄的话了。晚上人静后，她罚我跪下，重重地责罚了一顿。她说："你没了老子，是多么得意的事！好用来说嘴！"她气的坐着发抖，也不许我上床去睡。我跪着哭，用手擦眼泪，不知擦进了什么微菌，后来足足害了一年多的眼翳病。医来医去，总医不好。我母亲心里又悔又急，听说眼翳可以用舌头舔去，有一夜她把我叫醒，她真用舌头舔我的病眼。这是我的严师，我的慈母。

我母亲二十三岁做了寡妇，又是当家的后母。这种生活的痛苦，我的笨笔写不出一万分之一二。家中财政本不宽裕，全靠二哥在上海经营调度。大哥从小就是败子，吸鸦片烟，赌博，钱到手就光，光了就回家打主意，见了香炉就拿出去卖，捞着锡茶壶就拿出去押。我母亲几次邀了本家长辈来，给他定下每月用费的数目。但他总不够用，到处都欠下烟债赌债。每年除夕我家中总有一大群讨债的，每人一盏灯笼，坐在大厅上不肯去。大哥早已避出去了。大厅的两排椅子上满满的都是灯笼和债主。我母亲走进走出，料理年夜饭，谢灶神，压岁钱等事，只当作不曾看见这一群人。到了近半夜，快要"封门"了，我母亲才走后门出去，央一位邻舍本家到我家来，每一家债户开发一点钱。做好做歹的，这一群讨债的才一个一个提着灯笼走出去。一会儿，大哥敲门回来了。我母亲从不骂他一句。并且因为是新年，她脸上从不露出一点怒色。这样的过年，我过了六七次。

大嫂是个最无能而又最不懂事的人，二嫂是个很能干而气量很窄小的人。她们常常闹意见，只因为我母亲的和气榜样，她们还不曾有公然相骂相打的事。她们闹气时，只是不说话，不答话，把脸放下来，叫人难看；二嫂生气时，脸色变青，更是怕人。她们对我母亲闹气时，也是如此。我起初全不懂得这一套，后来也渐渐懂得看人的脸色了。我渐渐明白，世间最可厌恶的事莫如一张生气的脸；世间最下流的事莫如把生气的脸摆给旁人看。这比打骂还难受。

我母亲的气量大，性子好，又因为做了后母后婆，她更事事留心，事事格外容忍。大哥的女儿比我只小一岁，她的饮食衣料总是和我一样。我和她有小争执，总是我吃亏，母亲总是责备我，要我事事让她。后来大嫂二嫂都生了儿子了，她们生气时便打骂孩子来出气，一面扫，一面用尖刻有刺的话骂给别人听。我母亲只装不听见。有时候，她实在忍不住了，便悄悄走出门去，或到左邻立大嫂家去坐一会，或走后门到后邻度嫂家去闲谈。她从不和两个嫂子吵一句嘴。每个嫂子一生气，往往十天半个月不歇，天天走进走出，板着脸，咬着嘴，打骂小孩子出气。我母亲只忍耐着，忍到实在不可再忍的一天，她也有她的法子。这一天的天明时，她就不起床，轻轻地哭一场。她不骂一个人，只哭她的丈夫，哭她自己命苦，留不住她的丈夫来照管她。她先哭时，声音很低，渐渐哭出声来。我醒了起来劝她，她不肯住。这时候，我总听得见前堂（二嫂住前堂东房）或后堂（大嫂住后堂西房）有一扇房门开了，一个嫂子走出房向厨房走去。不多一会，那位嫂子来敲我们的房门了。我开了房门，她走进来，捧着一碗热茶，送到我母亲床前，劝她止哭，请她喝口热茶。我母亲慢慢停住哭声，伸手接了茶碗，那位嫂子站着劝一会，才退出去。没有一句话提到什么人，也没有一个字提到这十天半个月来的气脸，然而各人心里明白，泡茶进来的嫂子总是那十天半个月来闹气的人。奇怪的很，这一哭之后，至少有一两个月的太平清静日子。

我母亲待人最仁慈，最温和，从来没有一句伤人感情的话。但她有时候也很有刚气，不受一点人格上的侮辱。我家五叔是个天正业的浪人，有一天在烟馆里发牢骚，说我母亲家中有事总请某人帮忙，大概总有什么好处给他。这句话传到了我母亲耳朵里，她气得大哭，请了几位本家来，把五叔喊来，当面质问他她给了某人什么好处。直到五叔当众认错赔罪，她才罢休。

我在我母亲的教训之下住了九年，受了她的极大极深的影响。我十四岁(其实只有十二岁零两三个月)就离开她了，在这广漠的人海里独自混了二十多年，没有一个人管束过我。如果我学得了一丝一毫的好脾气，如果我学得了一点点待人接物的和气，如果我能宽恕人，体谅人，——我都得感谢我的慈母。

我的读书经验

蔡元培

我自十余岁起，就开始读书，读到现在，将满六十年了，中间除大病或其他特别原因外，几乎没有一日不读点书的，然而我也没有什么成就，这是读书不得法的缘故。我把不得法的概略写出来，可以为前车之鉴。

我的不得法第一是不能专心。我初读书的时候，读的都是旧书，不外乎考据辞章两类。我的嗜好，在考据方面，是偏于诂训及哲理的，对于典章名物，是不大耐烦的；在辞章上，是偏于散文的，对于骈文及诗词，是不大热心的。然而以一物不知为耻，种种都读，并且算学书也读，医学书也读，都没有读通。所以我曾经想编一部说文声系义证，又想编一本公羊春秋大义，都没有成书，所为文辞，不但骈文诗词，没有一首可存的，就是散文也太平凡了。到了四十岁以后我始学德文，后来又学法文，我都没有好好儿做那记生字练文法的苦工，而就是生吞活剥看书，所以至今不能写一篇合格的文章，做一回短期的演说。在德国进大学听讲以后，哲学史、文学史、文明史、心理学、美学、美术史、民族学统统去听，那时候这几类的参考书，也就乱读起来了。后来虽勉自收缩，以美学与美术史为主，辅以民族学，然而他类的书终不能割爱，所以想译一本美学，想编一部比较的民族学，也都没有成书。

我的不得法，第二是不能动笔。我的读书，本来抱一种利己主义，就是书里面的短处，我不大去搜寻它，我正注意于我所认为有用的或可爱的材料。这本来不算坏，但是我的坏处，就是我虽读的时候注意于这几点，但往往为速读起见，无暇把这几点摘抄出来，或在书上做一点特别的记号，若是有时候想起来，除了德文书检目特详，尚易检寻外，其他的书，几乎不容易寻到了。我国现虽有人编“索引”、“引得”，等等，专门的辞典，也逐渐增加，寻检自然较易，但各人有各自的注意点，普通的检目，断不能如自己记别的方便。我尝见胡适之先生有一个时期，出门时常常携一两本线装书，在舟车上或其他忙里偷闲时翻阅，见到有用的材料，就折角或以铅笔作记号。我想他回家后或者尚有摘抄的手续。我记得有一部笔记，说王渔洋读书时，遇有新隽的典故或词句，就用纸条抄出，贴在书斋壁上，时时览读，熟了就揭去，换上新得的，所以他记得很多。这虽是文学上的把戏，但科学上何尝不可以仿作呢？我因从来懒得动笔，所以没有成就。

我的读书的短处，我已经经验了许多的不方便，特地写出来，望读者鉴于我的短处，第一能专心，第二能动笔，这一定有许多成效。

海上通信

郁达夫

晚秋的太阳，只留下一金光，浮映在烟雾空蒙的西方海角。本来是黄色的海面被这夕照一烘，更加红艳得可怜了。从船尾望去，远远只见一排陆地的平岸，参差隐约地在那里对我点头。这一条陆地岸线之上，排列着许多一二寸长的桅樯细影，绝似画中的远草，依依有惜别的余情。

海上起了微波，一层一层的细浪，受了残阳的返照，一时光辉起来，飒飒的凉意，逼入人的心脾。清淡的天空，好像是离人的泪眼，周围边上，只带着一道红圈。上薄寒浅冷的时候，是泣别伤离的日暮。扬子江头，数声风笛，我又上了这天涯漂泊的轮船。

以我的性情而论，在这样的时候，正好陶醉在惜别的悲伤里，满满地享受一场感伤的甜味。否则也应该自家制造一种可怜的情调，使我自家感到自家的风尘仆仆，一事无成。若上举两事都办不到的时候，至少也应该看看海上的落日，享受享受那伟大的自然的烟景。但是这三种情怀，我一种也酿造不成，呆呆地立在龌龊杂乱的海轮中层的舱口，我的心里，只充满了几个人，才肯甘休。这愤恨的原因是在什么地方呢？一是因为上船的时候，海关上的一个下流的外国人，定要把我的书籍打开来检查，检查之后，并且想把我所崇拜的列宁的一册著作拿去。二是因为新开河口的一家卖票房，收了我头等舱的船钱。骗我入了二等的舱位。

啊啊，掠夺欺骗，原是人的本性，若能达观，也不合有这一番气愤，但是我的度量却狭小得同耶酥教的上帝一样，若受着不平，总不能忍气吞声地过去。我的女人曾对我说过几次，说这是我的致命伤，但是无论如何，我总改不过这个恶习惯来。

轮船愈行愈远了，两岸的风景，一步一步地荒凉起来了，天色也垂暮了，我的怨愤，却终于渐渐地平了下去。

沫若呀，仿吾成均呀，我老实对你们说，自从你们下船上岸之后，我一直到了现在，方想起你们三人的孤凄的影子来。啊啊，我们本来是反逆时代而生者，吃苦原是前生注定的。我此番北行，你们不要以为我是为寻快乐而去，我的前途风波正多得很哩！

天色暗了下来了，我想起了家中在楼头凝望着我的女人，我想起了乳母怀中在那里咿唔学语的孩子，我更想起了几位比我们还更苦的朋友，啊啊，大海的波涛，你若能这样地把我吞咽了下去，倒好省却我的一番苦恼。我愿意化成一堆春雪，躺在五月的阳光里，我愿意代替了落花，陷入污泥深处去，我愿意背负了天下青年男女的肺痨恶疾，就在此处消灭了我的残生。

啊啊！这些感伤的咏叹，只能博得恶魔的一脸微笑，几个在资本家跟前俯伏的文人，或者将要拿了我这篇文字，去佐他们的淫乐的金樽，我不说了，我不再写了，我等那一点西方海上的红云消尽的时候，且上舱里去喝一杯白兰地吧，这是日本人所说的 Yakezake！

马缨花开的时候

郁达夫

约莫到了夜半，觉得怎么也睡不着觉，于起来小便之后，放下玻璃溺器，就顺便走上了向南开着的窗口。把窗帷牵了一牵，低身钻了进去，上半身就像是三明治里的火腿，被夹在玻璃与窗帷的中间。

窗外面是二十边的还不十分大缺的下弦月夜，园里的树梢上，隙地上，白色线样的柏油步道上，都洒满了银粉似的月光，在和半透明的黑影互相掩映。周围只是沉寂、清幽，正像是梦里的世界。首夏的节季，按理是应该有点热了，但从毛绒睡衣的织缝眼里侵袭进来的室中空气，尖淋淋还有些儿凉冷的春意。

这儿是法国天主教会所办的慈善医院的特等病房楼，当今天早晨进院来的时候，那个粗暴的青年法国医生，糊糊涂涂地谛听了一遍之后，一直到晚上，还没有回话。只傍晚的时候，那位戴白帽子的牧母来了一次。问她这病究竟是什么病？她也只微笑摇着头，说要问过主任医生，才能知道。

而现在却已经是深沉的午夜了，这些吃慈善饭的人，实在也太没有良心，太不负责任，太没有对众生的同类爱。幸而这病，还是轻的，假若是重病呢？

这么的一搁，搁起十几个钟头，难道起死回生的耶稣奇迹，果真的还能在现代的二十世纪里再出来的么？

心里头这样在恨着急着，我以前额部抵住了凉阴阴的玻璃窗面，双眼尽在向窗外花园内的朦胧月色，和暗淡花阴，作无心的观赏。立了几分钟，怨了几分钟，在心里学着罗兰夫人的那句名句，叫着哭着：

“慈善呀慈善！在你这令名之下，真不知害死了多少无为的牺牲者，养肥了多少卑劣的圣贤人！”

直等怨恨到了极点的时候，忽而抬起头来一看，在微明的远处，在一堆树影的高头，金光一闪，突然间却看出了一个金色的十字架来。

“啊吓不对，圣母马利亚在显灵了！”

心里这样一转，自然而然地毛发也竖起了尖端。再仔细一望，那个金色十字架，还在月光里闪烁着，动也不动一动。注视了一会，我也有点怕起来了，就逃也似地将目光移向了别处。可是到了这逃避之所的一堆黑树荫中逗留得不久，在这黑沉沉的背景里，又突然显出了许多上尖下阔的白茫茫同心儿一样，比蜡烛稍短的不吉利的白色物体来。一朵两朵，七朵八朵，一眼望去，虽不十分多，但也并不少，这大约总是开残未谢的木兰花罢，为想自己宽一宽自已的心，这样以最善的方法解释着这一种白色的幻影，我就把身体一缩，退回自己床上来了。

进院后第二天的午前十点多钟，那位含着神秘的微笑的牧母又静静儿同游水似地来到了我的床边。

“医生说你害的是黄疸病，应该食淡才行。”

柔和地这样地说着，她又伸出手来为我诊脉。她以一只手捏住了我的臂，擎起另外一只手，在看她自己臂上的表。我一言不发，只是张大了眼在打量她的全身上下的奇异的线和色。

头上是由七八根直线和斜色线叠成的一顶雪也似的麻纱白帽子，白影下就是一张肉色微红的柔嫩得同米粉似的脸。因为是睡在那里的缘故，我所看得出来的，只是半张同《神曲》封面画上，印在那里的谭戴似的鼻梁很高的侧面形。而那只瞳仁很大很黑的眼睛哩，却又同在做梦似地向下斜俯着的。足以打破这沉沉的梦影，和静静的周围的两种刺激，便是她生在眼睑上眼睛上的那些很长很黑，虽不十分粗，但却也一根一根地明细分视得出来的眼睫毛和八字眉，与唧唧唧唧，只在她那只肥白的手臂上静走的表针声。她静寂地俯着头，按着我的臂，有时候也眨着眼睛，胸口头很细很细的一低一高地吐着气，真不知道听了我几多时的脉，忽而将身体一侧，又微笑着正向着我显示起全面来了，面形是一张中突而长圆的鹅蛋脸。

“你的脉并不快，大约养几天，总马上会好的。”她的富有着抑扬风韵的话，却是纯粹的北京音。

“是会好的么？不会死的么？”
“啐，您说哪儿的话？”

似乎是嫌我说得太粗暴了，嫣然地一笑，她就立刻静肃敏捷地走转了身，走出了房。而那个“啐，你说哪儿的话？”的余音，却同大钟鸣后，不肯立时静息般地尽在我的脑里耳轰轰地跑着绕圈儿的马。

医生隔日一来，而苦里带咸的药，一天却要吞服四遍，但足与这些恨事相抵而有余的，倒是那牧母的静肃的降临，有几天她来的次数，竟会比服药的次数多一两回。像这样单调无聊的修道院似的病囚生活，不消说是谁也会感到厌腻的，我于住了一礼拜医院之后，率性连医生也不愿他来，药也不想再服了，可是那牧母的诊脉哩，我却只希望她从早到晨起就来替我诊视，一直到晚，不要离开。

起初她来的时候，只不过是含着微笑，量量热度，诊诊我的脉，和说几句不得不说的话而已。但后来有一天在我的枕头底下被她搜出了一册泥而宋版的 Baudelaire 的小册子后，她和我说的话也多了起来，在我床边逗留的时间也一次一次地长起来了。

她告诉了我 Soeurs de charite（白帽子会）的系统和义务，她也告诉了我罗曼加多力克教（Catechisme）的教义总纲领。她说她的哥哥曾经去罗马朝见过教皇，她说她的信心坚定是在十五年前的十四岁的时候。而她的所最对我表示同情的一点，似乎是因为我的老家的远处在北京，“一个人单身病倒了在这举目无亲的上海，哪能够不感到异样的孤凄与寂寞呢？”尤其是觉得巧合的，两人在谈话的中间，竟发现了两人的老家，都偏处在西城，相去不上二三百步路远，在两家的院子里，是都可以听得见北堂的晨钟暮鼓的。为有这种种的关系，我入院后经过了一礼拜的时候，觉得忌淡也没有什么苦处了，因为每次的膳事，她总叫厨子特别地为我留心，布丁上的奶油也特别地加得多，有几次并且为了医院内的定食不合我的胃口，她竟爱把她自己的几盆我可以吃的菜蔬，差男护士菲列浦一盆一盆地递送过来，来和我的交换。

像这样的在病院里住了半个多月，虽则医生的粗暴顽迷，仍旧改不过来，药味的酸咸带苦，仍旧是格格难吃，但小便中的绛黄色，却也渐渐地褪去，而柔软无力的两只脚，也能够走得动一里以上的路了。

又加以时节逼进中夏，日长的午后，火热的太阳偏西一点，在房间里闷坐不住，当晚祷之前，她也常肯来和我向楼下的花园里去散一回小步。两人从庭前走出，沿了葡萄架的甬道走过木兰花丛，穿入菩提树林，到前面的假山石旁，有金色十字架竖着的圣母像的石坛圈里，总要在长椅上，坐到晚祷的时候，才走回来。

这舒徐闲适的半小时的晚步，起初不过是隔两日一次或隔日一次的，后来竟成了习惯，变得日日非去走不行了。这在我当然是一种无上的慰藉，可以打破一整天的单调生活，而终日忙碌的她似乎也在对这漫步，感受着无穷的兴趣。

又经过了一星期的光景，天气更加热起来了。园里的各种花木，都已经开落得干干净净，只有墙角上的一丛灌木，大约是蔷薇罢，还剩着几朵红白的残花，在那里妆点着景色。去盛夏想也已不远，而我也在打算退出这医药费昂贵的慈善医院，转回到北京去过夏去。可是心里虽则在这么的打算，但一则究竟病还没有痊愈，而二则对于这周围的花木，对于这半月余的生活情趣，也觉得有点依依难舍，所以一天一天的捱捱，又过了几天无聊的病囚日子。

有一天午后，正当前两天的大雨之余，天气爽朗晴和得特别可爱，我在病室里踱来踱去，心里头感觉得异样的焦闷。大约在铁笼子里徘徊着的新被擒获的狮子，或可以想象得出我此时的心境来，因为那一天从早晨起，一直到将近晚祷的时候止，一整日中，牧母还不曾来过。

晚步的时间过去了，电灯点上了，直到送晚餐来的时候，菲列浦才从他的那件白衣袋里，摸出了一封信来，这不消说是牧母托他转交的信。

信里说，她今天上中央会堂去避静去了，休息些时，她将要离开上海，被调到香港的病院中去服务。若来面别，难免得不动伤感，所以相见不如不见。末后再三叮嘱着，教我好好地保养，静想想经传上圣人的生活。若我能因这次的染病，而归依上帝，浴圣母的慈恩，那她的喜悦就没有比此更大的了。

我读了这一封信后，夜饭当然是一瓢也没有下咽。在电灯下呆坐了数十分钟，站将起来向窗外面一看，明蓝的天空里，却早已经升上了一个银盆似的月亮。大约不是十五六，也该是十三四的晚上了。

我在窗前又呆立了一会，旋转身就披上了一件新制的法兰绒的长衫，拿起了手杖，慢慢地，慢慢地，走下了楼梯，走出了楼门，走上了那条我们两人日日在晚祷时候走熟了的葡萄甬道。一程一程地走去，月光就在我的身上印出了许多树枝和叠石的影画。到了那圣母像的石坛之内，我在那张两人坐熟了的长椅子上，不知独坐了多少时候。忽而来了一阵微风，我偶然间却闻着了一种极清幽，极淡漠的似花又似叶的朦胧的香气。稍稍移了一移搁在支着手杖的两只手背上的头部，向右肩瞟了一眼，在我自己的衣服上，却又看出了一排非常纤匀的对称树叶的叶影，和几朵花蕊细长花瓣稀薄的花影来。

“啊啊！马缨花开了！”

毫不自觉地从嘴里轻轻念出了这一句独语之后，我就从长椅子上站起了身来，走回了病舍。

抬头见喜

老舍

对于时节，我向来不特别的注意。拿清明说吧，上坟烧纸不必非我去不可，又搭着不常住在家乡，所以每逢看见柳枝发青便晓得快到了清明，或者是已经过去。对重阳也是这样，生平没在九月九登过高，于是重阳和清明一样的没有多大作用。

端阳，中秋，新年，三个大节可不能这么马虎过去。即使我故意躲着它们，账条是不会忘记了我的。也奇怪，一个无名之辈，到了三节会有许多人惦记着，不但来信，送账条，而且要找上门来！

设若故意躲着借款，着急，设计自杀等等，而专讲三节的热闹有趣那一面儿，我似乎是最喜爱中秋。“似乎”，因为我实在不敢说准了。幼年时，中秋是个很可喜的节，要不然我怎么还记得清清楚楚那些“兔儿爷”的样子呢？有“兔儿爷”玩，这个节必是过得十二分有劲。可是从另一方面说，至少有三次喝醉是在中秋；酒入愁肠呀！所以说“似乎”最喜爱中秋。

事真凑巧，这三次“非杨贵妃式”的醉酒我还都记得很清楚。那么，就说上一说呀。第一次是在北平，我正住在翊教寺一家公寓里。好友卢嵩庵从柳泉居运来一坛子“竹叶青”。又约来两位朋友——内中有一位是不会喝的——大家就抄起茶碗来。坛子虽大，架不住茶碗一个劲进攻；月亮还没上来，坛子已空。干什么去呢？打牌玩吧。各拿出铜元百枚，约合大洋七角多，因这是古时候的事了。第一把牌将立起来，不晓得——至今还不晓得——我怎么上了床 。牌必是没打成，因为我一睁眼已经红日东升了。

第二次是在天津，和朱荫棠在同福楼吃饭，各饮绿茵陈二两。吃完饭，到一家茶肆去品茗。我朝窗坐着，看见了一轮明月，我就吐了。这回决不是酒的作用，毛病是在月亮。

第三次是在伦敦。那里的秋月是什么样子，我说不上来——也许根本没有月亮其物。中国工人俱乐部里有多人凑热闹，我和沈刚伯也去喝酒。我们俩喝了两瓶葡萄酒。酒是用葡萄还是葡萄叶儿酿的，不可得而知，反正价钱很便宜；我们俩自古至今总没作过财主。喝完，各自回寓所。一上公众汽车，我的脚忽然长了眼睛，专找别人的脚尖去踩。这回可不是月亮的毛病。

对于中秋，大致如此——无论如何也不能说它坏。就此打住。

至若端阳，似乎可有可无。粽子，不爱吃。城隍爷现在也不出巡；即使再出巡，大概也没有跟随着走几里路的兴趣。樱桃真是好东西，可惜被黑白桑葚给带累坏了。

新年最热闹，也最没劲，我对它老是冷淡的。自从一记事儿起，家中就似乎很穷。爆竹总是听别人放，我们自己是静寂无哗。记得最真的是家中一张《王羲之换鹅》图。每逢除夕，母亲必把它从个神秘的地方找出来，挂在堂屋里。姑母就给说那个故事；到如今还不十分明白这故事到底有什么意思，只觉得“王羲之”三个字倒很响亮好听。后来入学，读了《兰亭序》，我告诉先生，王羲之是在我的家里。

长大了些，记得有一年的除夕，大概是光绪三十年前的一二年，母亲在院中接神，雪已下了一尺多厚。高香烧起，雪片由漆黑的空中落下，落到火光的圈里，非常的白，紧接着飞到火苗的附近，舞出些金光，即行消灭；先下来的灭了，上面又紧跟着下来许多，像一把“太平花”倒放。我还记着这个。我也的确感觉到，那年的神仙一定是真由天上回到世间。

中学的时期是最忧郁的，四五个新年中只记得一个，最凄凉的一个。那是头一次改用阳历，旧历的除夕必须回学校去，不准请假。姑母刚死两个多月，她和我们同住了三十年的样子。她有时候很厉害，但大体上说，她很爱我。哥哥当差，不能回来。家中只剩母亲一人。我在四点多钟回到家中，母亲并没有把“王羲之”找出来。吃过晚饭，我不能不告诉母亲了——我还得回校。她愣了半天，没说什么。我慢慢地走出去，她跟着走到街门。摸着袋中的几个铜子，我不知道走了多少时候，才走到学校。路上必是很热闹，可是我并没看见，我似乎失了感觉。到了学校，学监先生正在学监室门口站着。他先问我：“回来了？”我行了个礼。他点了点头，笑着叫了我一声：“你还回去吧。”这一笑，永远印在我心中。假如我将来死后能入天堂，我必把这一笑带给上帝去看。

我好像没走就又到了家，母亲正对着一枝红烛坐着呢。她的泪不轻易落，她又慈善又刚强。见我回来了，她脸上有了笑容，拿出一个细草纸包儿来：“给你买的杂拌儿，刚才一忙，也忘了给你。”母子好像有千言万语，只是没精神说。早早的就睡了。母亲也没精神。

中学毕业以后，新年，除了为还债着急，似乎已和我不发生关系。我在哪里，除夕便由我照管着哪里。别人都回家去过年，我老是早早关上门，在床 上听着爆竹响。平日我也好吃个嘴儿，到了新年反倒想不起弄点什么吃，连酒也不喝。在爆竹稍静了些的时节，我老看见些过去的苦境。可是我既不落泪，也不狂歌，我只静静地躺着。躺着躺着，多咱烛光在壁上幻出一个“抬头见喜”，那就快睡去了。

借

萧红

“女子中学”的门前，那是三年前在里边读书的学校。和三年前一样，楼窗，窗前的树；短板墙，墙外的马路，每块石砖我踏过它。墙里墙外的每棵树，尚存着我温馨的记忆；附近的家屋，唤起我往日的情绪。

我记不了这一切啊！管它是温馨的，是痛苦的，我记不了这一切啊！我在那楼上，正是我有着青春的时候。

现在已经黄昏了，是冬的黄昏。我踏上水门汀的阶石，轻轻地迈着步子。三年前，曾按过的门铃又按在我的手中。出来开门的那个校役，他还认识我。楼梯上下跑走的那一些同学，却咬着耳说：“这是找谁的？”

一切全不生疏，事务牌、信箱、电话室，就是挂衣架子，三年也没有搬动，仍是摆在传达室的门外。

我不能立刻上楼，这对于我是一种侮辱似的。旧同学虽有，怕是教室已经改换了；宿舍，我不知道在楼上还是在楼下。“梁先生——国文梁先生在校吗？”我对校役说。

“在校是在校的，正开教务会议。”

“什么时候开完？”

“哪怕到七点钟吧！”

墙上的钟还不到五点，等也是无望，我走出校门来了！这一刻，我完全没有来时的感觉，什么街石，什么树，这对我发生什么关系？

“吟——在这里。”郎华在很远的路灯下打着招呼。

“回去吧！走吧！”我走到他身边，再不说别的。

顺着那条斜坡的直道，走得很远的我才告诉他：“梁先生开教务会议，开到七点，我们等得了吗？”

“那么你能走吗？肚子还疼不疼？”

“不疼，不疼。”

圆月从东边一小片林梢透过来，暗红色的圆月，很大很混浊的样子，好像老人昏花的眼睛，垂到天边去。脚下的雪不住在滑着，响着，走了许多时候，一个行人没有遇见，来到火车站了！大时钟在暗红色的空中发着光，火车的汽笛震鸣着冰寒的空气、电车、汽车、马车、人力车，车站前忙着这一切。

顺着电车道走，电车响着铃子从我们身边一辆一辆地过去。没有借到钱，电车就上不去。

走吧，挨着走，肚痛我也不能说。走在桥上，大概是东行的火车，冒着烟从桥下经过，震得人会耳鸣起来，索链一般地爬向市街去。从岗上望下来，最远处，商店的红绿电灯不住地闪烁；在夜里的人家，好像在烟里一般；若没有灯光从窗子流出来，那么所有的楼房就该变成幽寂的、没有钟声的大教堂了！站在岗上望下去，“许公路”的电灯，好像扯在太阳下的长串的黄色铜铃，越远，那些铜铃越增加着密度，渐渐数不过来了！

扶着走，昏昏茫茫地走，什么夜，什么市街，全是阴沟，我们滚在沟中。携着手吧！

相牵着走吧！天气那样冷，道路那样滑，我时时要滑倒的样子，脚下不稳起来，不自主起来，在一家电影院门前，我终于跌倒了，坐在冰上，因为道上无处不是冰。膝盖的关节一定受了伤害，他虽拉着我，走起来也十分困难。“肚子跌痛了没有？你实在不能走了吧？”到家把剩下来的一点米煮成稀饭，没有盐，没有油，没有菜，暖一暖肚子算了。吃饭，肚子仍不能暖，饼干盒子盛了热水，盒子漏了。郎华又拿一个空玻璃瓶要盛热水给我暖肚子，瓶底炸掉下来，满地流着水。他拿起没有底的瓶子当号筒来吹。在那呜呜的响声里边，我躺到冰冷的床上。

广告员的梦想

萧红

有一个朋友到一家电影院去画广告，月薪四十元。画广告留给我一个很深的印像，我一面烧早饭一面看报，又有某个电影院招请广告员被我看到，立刻我动心了：我也可以吧？

从前在学校时不也学过画吗？但不知月薪多少。

郎华回来吃饭，我对他说，他很不愿意做这事。他说："尽骗人。昨天别的报上登着一段招聘家庭教师的广告，我去接洽，其实去的人太多，招一个人，就要去十个，二十个……"

"去看看怕什么？不成，完事。"
"我不去。"
"你不去，我去。"
"你自己去？"
"我自己去！"

第二天早晨，我又留心那块广告，这回更能满足我的欲望。那文告又改登一次，月薪四十元，明明白白的是四十元。

“看一看去。不然，等着职业，职业会来吗？”我又向他说。

“要去，吃了饭就去，我还有别的事。”这次，他不很坚决了。

走在街上，遇到他一个朋友。

“到哪里去？”

“接洽广告员的事情。”

“就是《国际协报》登的吗？”

“是的。”

“四十元啊！”这四十元他也注意到。

十字街商店高悬的大表还不到十一点钟，十二点才开始接洽。已经寻找得好疲乏了，已经不耐烦了，代替接洽的那个“商行”才寻到。指明的是石头道街，可是那个“商行”是在石头道街旁的一条顺街尾上，我们的眼睛缭乱起来。走进“商行”去，在一座很大的楼房二层楼上，刚看到一个长方形的亮铜牌钉在过道，还没看到究竟是什么个“商行”，就有人截住我们：“什么事？”

“来接洽广告员的！”

“今天星期日，不办公。”

第二天再去的时候，还是有勇气的。是阴天，飞着清雪。

那个“商行”的人说：“请到电影院本家去接洽吧。我们这里不替他们接洽了。”

郎华走出来就埋怨我：“这都是你主张，我说他们尽骗人，你不信！”

“怎么又怨我？”我也十分生气。

“不都是想当广告员吗？看你当吧！”

吵起来了。他觉得这是我的过错，我觉得他不应该同我生气。走路时，他在前面总比我快一些，他不愿意和我一起走的样子，好像我对事情没有眼光，使他讨厌的样子。冲突就这样越来越大，当时并不去怨恨那个“商行”，或是那个电影院，只是他生气我，我生气他，真正的目的却丢开了。两个人吵着架回来。

第三天，我再不去了。我再也不提那事，仍是在火炉板上烘着手。他自己出去，戴着他的飞机帽。

“南岗那个人的武术不教了。”晚上他告诉我。

我知道，就是那个人不学了。

第二天，他仍戴着他的飞机帽走了一天。到夜间，我也并没提起广告员的事。照样，第三天我也并没有提，我已经没有兴致想找那样的职业。可是他自动的，比我更留心，自己到那个电影院去过两次。

“我去过两次，第一回说经理不在，第二回说过几天再来吧。真他妈的！有什么劲，只为着四十元钱，就去给他们耍宝！画的什么广告？什么情火啦，艳史啦，甜蜜啦，真是无耻和肉麻！”

他发的议论，我是不回答的。他愤怒起来，好像有人非捉他去做广告员不可。

“你说，我们能干那样无聊的事？去他娘的吧！滚蛋吧！”他竟骂起来，跟着，他就骂起自己来：“真是混蛋，不知耻的东西，自私的爬虫！”

直到睡觉时，他还没忘掉这件事，他还向我说：“你说，我们不是自私的爬虫是什么？只怕自己饿死，去画广告。画得好一点，不怕肉麻，多招来一些看情史的，使人们羡慕富丽，使人们一步一步地爬上去……就是这样，只怕自己饿死，毒害多少人不管，人是自私的东西，……若有人每月给二百元，不是什么都干了吗？我们就是不能够推动历史，也不能站在相反的方面努力败坏历史！”

他讲的使我也感动了。并且声音不自知地越讲越大，他已经开始更细地分析自己……“你要小点声啊，房东那屋常常有日本朋友来。”我说。

又是一天，我们在“中央大街”闲荡着，很瘦很高的老秦在他肩上拍了一下。冬天下午三四点钟时，已经快要黄昏了，阳光仅仅留在楼顶，渐渐微弱下来，街路完全在晚风中，就是行人道上，也有被吹起的霜雪扫着人们的腿。

冬天在行人道上遇见朋友，总是不把手套脱下来就握手的。那人的手套大概很凉吧，我见郎华的赤手握了一下就抽回来。我低下头去，顺便看到老秦的大皮鞋上撒着红绿的小斑点。

“你的鞋上怎么有颜料？”

他说他到电影院去画广告了。他又指给我们电影院就是眼前那个，他说：“我的事情很忙，四点钟下班，五点钟就要去画广告。你们可以不可以帮我一点忙？”

听了这话，郎华和我都没回答。“五点钟，我在卖票的地方等你们。你们一进门就能看见我。”老秦走开了。

晚饭吃的烤饼，差不多每张饼都半生就吃下的，为着忙，也没有到桌子上去吃，就围在炉边吃的。他的脸被火烤得通红。我是站着吃的。看一看新买的小表，五点了，所以连汤锅也没有盖起我们就走出了，汤在炉板上蒸着气。

不用说我是连一口汤也没喝，郎华已跑在我的前面。我一面弄好头上的帽子，一面追随他。才要走出大门时，忽然想起火炉旁还堆着一堆木柴，怕着了火，又回去看了一趟。等我再出来的时候，他已跑到街口去了。

他说我：“做饭也不晓得快做！磨蹭，你看晚了吧！女人就会磨蹭，女人就能耽误事！”

可笑的内心起着矛盾。这行业不是干不得吗？怎么跑得这样快呢？他抢着跨进电影院的门去。我看他矛盾的样子，好像他的后脑勺也在起着矛盾，我几乎笑出来，跟着他进去了。

不知俄国人还是英国人，总之是大鼻子，站在售票处卖票。问他老秦，他说不知道。问别人，又不知道哪个人是电影院的人。等了半个钟头也不见老秦，又只好回家了。

他的学说一到家就生出来，照样生出来：“去他娘的吧！那是你愿意去。那不成，那不成啊！人，这自私的东西，多碰几个钉子也对。”他到别处去了，留我一个人在家。

“你们怎么不去找找？”老秦一边脱着皮帽，一边说。

“还到哪里找去？等了半点钟也看不到你！”

“我们一同走吧。郎华呢？”“他出去了。”

“那么我们先走吧。你就是帮我忙，每月四十元，你二十，我二十，均分。”

在广告牌前站到十点钟才回来。郎华找我两次也没有找到，所以他正在房中生气。这一夜，我和他就吵了半夜。他去买酒喝，我也抢着唱了一半，哭了，两个人都哭了。他醉了以后在地板上嚷着说：“一看到职业，途径也不管就跑了，有职业，爱人也不要了！”

我是个很坏的女人吗？只为了二十元钱，把爱人气得在地板上滚着！醉酒的心，像有火烧，像有开水在滚，就是哭也不知道有什么要哭，已经推动了理智。他也和我同样。

第二天酒醒，是星期日。他同我去画了一天的广告。我是老秦的副手，他是我的副手。

第三天就没有去，电影院另请了别人。

广告员的梦到底做成了，但到底是碎了。

回忆鲁迅先生

萧红

鲁迅先生的笑声是明朗的，是从心里的欢喜。若有人说了什么可笑的话，鲁迅先生笑得连烟卷都拿不住了，常常是笑得咳嗽起来。

鲁迅先生走路很轻捷，尤其他人记得清楚的，是他刚抓起帽子来往头上一扣，同时左腿就伸出去了，仿佛不顾一切地走去。

鲁迅先生不大注意人的衣裳，他说："谁穿什么衣裳我看不见得……"

鲁迅先生生的病，刚好了一点，他坐在躺椅上，抽着烟，那天我穿着新奇的大红的上衣，很宽的袖子。

鲁迅先生说："这天气闷热起来，这就是梅雨天。"他把他装在像牙烟嘴上的香烟，又用手装得紧一点，往下又说了别的。

许先生忙着家务，跑来跑去，也没有对我的衣裳加以鉴赏。

于是我说："周先生，我的衣裳漂亮不漂亮？"

鲁迅先生从上往下看了一眼："不大漂亮。"

过了一会又接着说："你的裙子配的颜色不对，并不是红上衣不好看，各种颜色都是好看的，红上衣要配红裙子，不然就是黑裙子，咖啡色的就不行了；这两种颜色放在一起很浑浊……你没看到外国人在街上走的吗？绝没有下边穿一件绿裙子，上边穿一件紫上衣，也没有穿一件红裙子而后穿一件白上衣的……”

鲁迅先生就在躺椅上看着我：“你这裙子是咖啡色的，还带格子，颜色浑浊得很，所以把红色衣裳也弄得不漂亮了。”

“……人瘦不要穿黑衣裳，人胖不要穿白衣裳；脚长的女人一定要穿黑鞋子，脚短就一定要穿白鞋子；方格子的衣裳胖人不能穿，但比横格子的还好；横格子的胖人穿上，就把胖子更往两边裂着，更横宽了，胖子要穿竖条子的，竖的把人显得长，横的把人显得宽……”

那天鲁迅先生很有兴致，把我一双短统靴子也略略批评一下，说我的短靴是军人穿的，因为靴子的前后都有一条线织的拉手，这拉手据鲁迅先生说是放在裤子下边的……我说：“周先生，为什么那靴子我穿了多久了而不告诉我，怎么现在才想起来呢？现在我不是不穿了吗？我穿的这不是另外的鞋吗？”

“你不穿我才说的，你穿的时候，我一说你该不穿了。”

那天下午要赴一个筵会去，我要许先生给我找一点布条或绸条束一束头发。许先生拿了来米色的绿色的还有桃红色的。经我和许先生共同选定的是米色的。为着取美，把那桃红色的，许先生举起来放在我的头发上，并且许先生很开心地说着：“好看吧！多漂亮！”

我也非常得意，很规矩又顽皮地在等着鲁迅先生往这边看我们。

鲁迅先生这一看，脸是严肃的，他的眼皮往下一放向着我们这边看着：“不要那样装饰她……”

许先生有点窘了。

我也安静下来。

鲁迅先生在北平教书时，从不发脾气，但常常好用这种眼光看人，许先生常跟我讲。

她在女师大读书时，周先生在课堂上，一生气就用眼睛往下一掠，看着他们，这种眼光是鲁迅先生在记范爱农先生的文字曾自己述说过，而谁曾接触过这种眼光的人就会感到一个时代的全智者的催逼。

我开始问："周先生怎么也晓得女人穿衣裳的这些事情呢？"

"看过书的，关于美学的。"

"什么时候看的……"

"大概是在日本读书的时候……"

"买的书吗？"

"不一定是买的，也许是从什么地方抓到就看的……"

"看了有趣味吗？"

"随便看看……"

"周先生看这书做什么？"

"……"没有回答，好像很难以答。

许先生在旁说："周先生什么书都看的。"

在鲁迅先生家里做客人，刚开始是从法租界来到虹口，搭电车也要差不多一个钟头的工夫，所以那时候来的次数比较少。记得有一次谈到半夜了，一过十二点电车就没有的，但那天不知讲了些什么，讲到一个段落就看看旁边小长桌上的圆钟，十一点半了，十一点四十五分了，电车没有了。

"反正已十二点，电车也没有，那么再坐一会。"许先生如此劝着。

鲁迅先生好像听了所讲的什么引起了幻想，安顿地举着象牙烟嘴在沉思着。

一点钟以后，送我（还有别的朋友）出来的是许先生，外边下着的蒙蒙的小雨，弄堂里灯光全然灭掉了，鲁迅先生嘱咐许先生一定让坐小汽车回去，并且一定嘱咐许先生付钱。

以后也住到北四川路来，就每夜饭后必到大陆新村来了，刮风的天，下雨的天，几乎没有间断的时候。

鲁迅先生很喜欢北方饭，还喜欢吃油炸的东西喜欢吃硬的东西，就是后来生病的时候，也不大吃牛奶。鸡汤端到旁边用调羹舀了一二下就算了事。

有一天约好我去包饺子吃，那还是住在法租界，所以带了外国酸菜和用绞肉机绞成的牛肉，就和许先生站在客厅后边的方桌边包起来。海婴公子围着闹得起劲，一会按成圆饼的面拿去了，他说做了一只船来，送在我们的眼前，我们不看他，转身他又做了一只小鸡。许先生和我都不去看他，对他竭力避免加以赞美，若一赞美起来，怕他更做得起劲。

客厅后边没到黄昏就先黑了，背上感到些微微的寒凉，知道衣裳不够了，但为着忙，没有加衣裳去。等把饺子包完了看看那数目并不多，这才知道许先生我们谈话谈得太多，误了工作。许先生怎样离开家的，怎样到天津读书的，在女师大读书时怎样做了家庭教师。她去考家庭教师的那一段描写，非常有趣，只取一名，可是考了好几十名，她之能够当选算是难的了。指望对于学费有点补助，冬天来了，北平又冷，那家离学校又远，每月除了车子钱之外，若伤风感冒还得自己拿出买阿司匹林的钱来，每月薪金十元要从西城跑到东城……

饺子煮好，一上楼梯，就听到楼上明朗的鲁迅先生的笑声冲下楼梯来，原来有几个朋友在楼上也正谈得热闹。那一天吃得是很好的。

以后我们又做过韭菜盒子，又做过荷叶饼，我一提议鲁迅先生必然赞成，而我做得又不好，可是鲁迅还是在桌上举着筷子问许先生："我再吃几个吗？"

因为鲁迅先生胃不大好，每饭后必吃"脾自美"药丸一二粒。

有一天下午鲁迅先生正在校对着瞿秋白的《海上述林》，我一走进卧室去，从那圆转椅上鲁迅先生转过来了，向着我，还微微站起了一点。

"好久不见，好久不见。"一边说着一边向我点头。

刚刚我不是来过了吗？怎么会好久不见？就是上午我来的那次周先生忘记了，可是我也每天来呀……怎么都忘记了吗？

周先生转身坐在躺椅上才自己笑起来，他是在开着玩笑。

梅雨季，很少有晴天，一天的上午刚一放晴，我高兴极了，就到鲁迅先生家去了，跑得上楼还喘着。鲁迅先生说："来啦！"我说："来啦！"我喘着连茶也喝不下。

鲁迅先生就问我："有什么事吗？"

我说："天晴啦，太阳出来啦。"

许先生和鲁迅先生都笑着，一种对于冲破忧郁心境的崭然的会心的笑。

海婴一看到我非拉我到院子里和他一道玩不可，拉我的头发或拉我的衣裳。

为什么他不拉别人呢？据周先生说："他看你梳着辫子，和他差不多，别人在他眼里都是大人，就看你小。"

许先生问着海婴："你为什么喜欢她呢？不喜欢别人？"

"她有小辫子。"说着就来拉我的头发。

鲁迅先生家生客人很少，几乎没有，尤其是住在他家里的人更没有。一个礼拜六的晚上，在二楼上鲁迅先生的卧室里摆好了晚饭，围着桌子坐满了人。每逢礼拜六晚上都是这样的，周建人先生带着全家来拜访的。在桌子边坐着一个很瘦的很高的穿着中国小背心的人，鲁迅先生介绍说："这是位同乡，是商人。"

初看似乎对的，穿着中国裤子，头发剃得很短。当吃饭时，他还让别人酒，也给我倒一盅，态度很活泼，不大像个商人；等吃完了饭，又谈到《伪自由书》及《二心集》。

这个商人，开明得很，在中国不常见。没有见过的就总不大放心。

下一次是在楼下客厅后的方桌上吃晚饭，那天很晴，一阵阵地刮着热风，虽然黄昏了，客厅后还不昏黑。鲁迅先生是新剪的头发，还能记得桌上有一盘黄花鱼，大概是顺着鲁迅先生的口味，是用油煎的。鲁迅先生前面摆着一碗酒，酒碗是扁扁的，好像用做吃饭的饭碗。那位商人先生也能喝酒，酒瓶就站在他的旁边。他说蒙古人什么样，苗人什么样，从西藏经过时，那西藏女人见了男人追她，她就如何如何。

这商人可真怪，怎么专门走地方，而不做买卖？并且鲁迅先生的书他也全读过，一开口这个，一开口那个。并且海婴叫他 × 先生，我一听那 × 字就明白他是谁了。× 先生常常回来得很迟，从鲁迅先生家里出来，在弄堂里遇到了几次。

有一天晚上 × 先生从三楼下来，手里提着小箱子，身上穿着长袍子，站在鲁迅先生的面前，他说他要搬了。他告了辞，许先生送他下楼去了。这时候周先生在地板上绕了两个圈子，问我说："你看他到底是商人吗？"

"是的。"我说。

鲁迅先生很有意思地在地板上走几步，而后向我说："他是贩卖私货的商人，是贩卖精神上的……"

× 先生走过二万五千里回来的。

青年人写信，写得太草率，鲁迅先生是深恶痛绝之的。

"字不一定要写得好，但必须得使人一看了就认识，年轻人现在都太忙了……他自己赶快胡乱写完了事，别人看了三遍五遍看不明白，这费了多少工夫，他不管。反正这费了功夫不是他的。这存心是不太好的。"

但他还是展读着每封由不同角落里投来的青年的信，眼睛不济时，便戴起眼镜来看，常常看到夜里很深的时光。

鲁迅先生坐在 ×× 电影院楼上的第一排，那片名忘记了，新闻片是苏联纪念"五一"节的红场。

"这个我怕看不到的……你们将来可以看得到。"鲁迅先生向我们周围的人说。

珂勒惠支的画，鲁迅先生最佩服，同时也很佩服她的做人。珂勒惠支受希特拉的压迫，不准她做教授，不准她画画，鲁迅先生常讲到她。

史沫特莱，鲁迅先生也讲到，她是美国女子，帮助印度独立运动，现在又在援助中国。

鲁迅先生介绍人去看的电影：《夏伯阳》《复仇艳遇》……其余的如《人猿泰山》……或者非洲的怪兽这一类的影片，也常介绍给人的。鲁迅先生说：“电影没有什么好的，看看鸟兽之类倒可以增加些对于动物的知识。”

鲁迅先生不游公园，住在上海十年，兆丰公园没有进过。虹口公园这么近也没有进过。春天一到了，我常告诉周先生，我说公园里的土松软了，公园里的风多么柔和。周先生答应选个晴好的天气，选个礼拜日，海婴休假日，好一道去，坐一乘小汽车一直开到兆丰公园，也算是短途旅行。但这只是想着而未有做到，并且把公园给下了定义。鲁迅先生说：“公园的样子我知道的……一进门分做两条路，一条通左边，一条通右边，沿着路种着点柳树什么树的，树下摆着几张长椅子，再远一点有个水池子。”

我是去过兆丰公园的，也去过虹口公园或是法国公园的，仿佛这个定义适用在任何国度的公园设计者。

鲁迅先生不戴手套，不围围巾，冬天穿着黑土蓝的棉布袍子，头上戴着灰色毡帽，脚穿黑帆布胶皮底鞋。

胶皮底鞋夏天特别热，冬天又凉又湿，鲁迅先生的身体不算好，大家都提议把这鞋子换掉。鲁迅先生不肯，他说胶皮底鞋子走路方便。

“周先生一天走多少路呢？也不就一转弯到 ××× 书店走一趟吗？”

鲁迅先生笑而不答。

“周先生不是很好伤风吗？不围巾子，风一吹不就伤风了吗？”

鲁迅先生这些个都不习惯，他说：“从小就没戴过手套围巾，戴不惯。”

鲁迅先生一推开门从家里出来时，两只手露在外边，很宽的袖口冲着风就向前走，腋下夹着个黑绸子印花的包袱，里边包着书或者是信，到老靶子路书店去了。

那包袱每天出去必带出去，回来必带回来。出去时带着给青年们的信，回来又从书店带来新的信和青年请鲁迅先生看的稿子。

鲁迅先生抱着印花包袱从外边回来，还提着一把伞，一进门客厅早坐着客人，把伞挂在衣架上就陪客人谈起话来。谈了很久了，伞上的水滴顺着伞杆在地板上已经聚了一堆水。

鲁迅先生上楼去拿香烟，抱着印花包袱，而那把伞也没有忘记，顺手也带到楼上去。

鲁迅先生的记忆力非常之强，他的东西从不随便散置在任何地方。鲁迅先生很喜欢北方口味。许先生想请一个北方厨子，鲁迅先生以为开销太大，请不得的，男佣人，至少要十五元钱的工钱。

所以买米买炭都是许先生下手。我问许先生为什么用两个女佣人都是年老的，都是六七十岁的？许先生说她们做惯了，海婴的保姆，海婴几个月时就在这里。

正说着那矮胖胖的保姆走下楼梯来了，和我们打了个迎面。

“先生，没吃茶吗？”她赶快拿了杯子去倒茶，那刚刚下楼时气喘的声音还在喉管里咕噜咕噜的，她确实年老了。

来了客人，许先生没有不下厨房的，菜食很丰富，鱼、肉……都是用大碗装着，起码四五碗，多则七八碗。可是平常就只三碗菜：一碗素炒豌豆苗，一碗笋炒咸菜，再一碗黄花鱼。

这菜简单到极点。

鲁迅先生的原稿，在拉都路一家炸油条的那里用着包油条，我得到了一张，是译《死魂灵》的原稿，写信告诉了鲁迅先生。鲁迅先生不以为希奇，许先生倒很生气。

鲁迅先生出书的校样，都用来揩桌，或做什么的。请客人在家里吃饭，吃到半道，鲁迅先生回身去拿来校样给大家分着。客人接到手里一看，这怎么可以？鲁迅先生说：“擦一擦，拿着鸡吃，手是腻的。”

到洗澡间去，那边也摆着校样纸。

许先生从早晨忙到晚上，在楼下陪客人，一边还手里打着毛线。不然就是一边谈着话一边站起来用手摘掉花盆里花上已干枯了的叶子。许先生每送一个客人，都要送到楼下门口，替客人把门开开，客人走出去而后轻轻地关了门再上楼来。

来了客人还到街上去买鱼或买鸡，买回来还要到厨房里去工作。

鲁迅先生临时要寄一封信，就得许先生换起皮鞋子来到邮局或者大陆新村旁边信筒那里去。落着雨天，许先生就打起伞来。

许先生是忙的，许先生的笑是愉快的，但是头发有一些是白了的。

夜里去看电影，施高塔路的汽车房只有一辆车，鲁迅先生一定不坐，一定让我们坐。

许先生，周建人夫人……海婴，周建人先生的三位女公子。我们上车了。

鲁迅先生和周建人先生，还有别的一二位朋友在后边。

看完了电影出来，又只叫到一部汽车，鲁迅先生又一定不肯坐，让周建人先生的全家坐着先走了。

鲁迅先生旁边走着海婴，过了苏州河的大桥去等电车去了。等了二三十分钟电车还没有来，鲁迅先生依着沿苏州河的铁栏杆坐在桥边的石围上了，并且拿出香烟来，装上烟嘴，悠然地吸着烟。

海婴不安地来回地乱跑，鲁迅先生还招呼他和自己并排坐下。

鲁迅先生坐在那和一个乡下的安静老人一样。

鲁迅先生吃的是清茶，其余不吃别的饮料。咖啡、可可、牛奶、汽水之类，家里都不预备。

鲁迅先生陪客人到深夜，必同客人一道吃些点心。那饼干就是从铺子里买来的，装在饼干盒子里，到夜深许先生拿着碟子取出来，摆在鲁迅先生的书桌上。吃完了，许先生打开立柜再取一碟。还有向日葵子差不多每来客人必不可少。鲁迅先生一边抽着烟，一边剥着瓜子吃，吃完了一碟鲁迅先生必请许先生再拿一碟来。

鲁迅先生备有两种纸烟，一种价钱贵的，一种便宜的。便宜的是绿听子的，我不认识那是什么牌子，只记得烟头上带着黄纸的嘴，每五十支的价钱大概是四角到五角，是鲁迅先生自己平日用的。另一种是白听子的，是前门烟，用来招待客人的，白听烟放在鲁迅先生书桌的抽屉里。来客人鲁迅先生下楼，把它带到楼下去，客人走了，又带回楼上来照样放在抽屉里。而绿听子的永远放在书桌上，是鲁迅先生随时吸着的。

鲁迅先生的休息，不听留声机，不出去散步，也不倒在床上睡觉，鲁迅先生自己说："坐在椅子上翻一翻书就是休息了。"

鲁迅先生从下午二三点钟起就陪客人，陪到五点钟，陪到六点钟，客人若在家吃饭，吃完饭又必要在一起喝茶，或者刚刚吃完茶走了，或者还没走又来了客人，于是又陪下去，陪到八点钟，十点钟，常常陪到十二点钟。从下午三点钟起，陪到夜里十二点，这么长的时间，鲁迅先生都是坐在藤躺椅上，不断地吸着烟。

客人一走，已经是下半夜了，本来已经是睡觉的时候了，可是鲁迅先生正要开始工作。

在工作之前，他稍微阖一阖眼睛，燃起一支烟来，躺在床边上，这一支烟还没有吸完，许先生差不多就在床里边睡着了。（许先生为什么睡得这样快？因为第二天早晨六七点钟就要来管理家务。）海婴这时在三楼和保姆一道睡着了。

全楼都寂静下去，窗外也一点声音没有了，鲁迅先生站起来，坐到书桌边，在那绿色的台灯下开始写文章了。许先生说鸡鸣的时候，鲁迅先生还是坐着，街上的汽车嘟嘟地叫起来了，鲁迅先生还是坐着。

有时许先生醒了，看着玻璃窗白萨萨的了，灯光也不显得怎么亮了，鲁迅先生的背影不像夜里那样高大。

鲁迅先生的背影是灰黑色的，仍旧坐在那里。

人家都起来了，鲁迅先生才睡下。

海婴从三楼下来了，背着书包，保姆送他到学校去，经过鲁迅先生的门前，保姆总是吩附他说："轻一点走，轻一点走。"

鲁迅先生刚一睡下，太阳就高起来了，太阳照着隔院子的人家，明亮亮的，照着鲁迅先生花园的夹竹桃，明亮亮的。

鲁迅先生的书桌整整齐齐的，写好的文章压在书下边，毛笔在烧瓷的小龟背上站着。

一双拖鞋停在床下，鲁迅先生在枕头上边睡着了。

鲁迅先生喜欢吃一点酒，但是不多吃，吃半小碗或一碗。

鲁迅先生吃的是中国酒，多半是花雕。

老靶子路有一家小吃茶店，只有门面一间，在门面里边设座，座少，安静，光线不充足，有些冷落。鲁迅先生常到这里吃茶店来，有约会多半是在这里边，老板是犹太也许是白俄，胖胖的，中国话大概他听不懂。

鲁迅先生这一位老人，穿着布袍子，有时到这里来，泡一壶红茶，和青年人坐在一道谈了一两个钟头。

有一天鲁迅先生的背后那茶座里边坐着一位摩登女子，身穿紫裙子黄衣裳，头戴花帽子……那女子临走时，鲁迅先生一看她，用眼瞪着她，很生气地看了她半天。而后说："是做什么的呢？"

鲁迅先生对于穿着紫裙子黄衣裳，花帽子的人就是这样看法的。

鬼到底是有的没有的？传说上有人见过，还跟鬼说过话，还有人被鬼在后边追赶过，吊死鬼一见了人就贴在墙上。但没有一个人捉住一个鬼给大家看看。

鲁迅先生讲了他看见过鬼的故事给大家听："是在绍兴……"鲁迅先生说，"三十年前……"

那时鲁迅先生从日本读书回来，在一个师范学堂里也不知是什么学堂里教书，晚上没有事时，鲁迅先生总是到朋友家去谈天。这朋友住的离学堂几里路，几里路不算远，但必得经过一片坟地。谈天有的时候就谈得晚了，十一二点钟才回学堂的事也常有，有一天鲁迅先生就回去得很晚，天空有很大的月亮。

鲁迅先生向着归路走得很起劲时，往远处一看，远远有一个白影。

鲁迅先生不相信鬼的，在日本留学时是学的医，常常把死人抬来解剖的，鲁迅先生解剖过二十几个，不但不怕鬼，对死人也不怕，所以对坟地也就根本不怕。仍旧是向前走的。

走了不几步，那远处的白影没有了，再看突然又有了。并且时小时大，时高时低，正和鬼一样。鬼不就是变幻无常的吗？

鲁迅先生有点踌躇了，到底向前走呢？还是回过头来走？

本来回学堂不止这一条路，这不过是最近的一条就是了。

鲁迅先生仍是向前走，到底要看一看鬼是什么样，虽然那时候也怕了。

鲁迅先生那时从日本回来不久，所以还穿着硬底皮鞋。鲁迅先生决心要给那鬼一个致命的打击，等走到那白影旁边时，那白影缩小了，蹲下了，一声不响地靠住了一个坟堆。

鲁迅先生就用了他的硬皮鞋踢了出去。

那白影"噢"的一声叫起来，随着就站起来，鲁迅先生定眼看去，他却是个人。

鲁迅先生说在他踢的时候，他是很害怕的，好像若一下不把那东西踢死，自己反而会遭殃的，所以用了全力踢出去。

原来是个盗墓子的人在坟场上半夜做着工作。

鲁迅先生说到这里就笑了起来。

“鬼也是怕踢的，踢他一脚就立刻变成人了。”

我想，倘若是鬼常常让鲁迅先生踢踢倒是好的，因为给了他一个做人的机会。

从福建菜馆叫的菜，有一碗鱼做的丸子。

海婴一吃就说不新鲜，许先生不信，别的人也都不信。因为那丸子有的新鲜，有的不新鲜，别人吃到嘴里的恰好都是没有改味的。

许先生又给海婴一个，海婴一吃，又不是好的，他又嚷嚷着。别人都不注意，鲁迅先生把海婴碟里的拿来尝尝，果然不是新鲜的。鲁迅先生说：“他说不新鲜，一定也有他的道理，不加以查看就抹杀是不对的。”

以后我想起这件事来，私下和许先生谈过，许先生说：“周先生的做人，真是我们学不了的。哪怕一点点小事。”

鲁迅先生包一个纸包也要包得整整齐齐，常常把要寄出的书，鲁迅先生从许先生手里拿过来自己包，许先生本来包得多么好，而鲁迅先生还要亲自动手。

鲁迅先生把书包好了，用细绳捆上，那包方方正正的，连一个角也不准歪一点或扁一点，而后拿着剪刀，把捆书的那绳头都剪得整整齐齐。

就是包这书的纸都不是新的，都是从街上买东西回来留下来的。许先生上街回来把买来的东西一打开随手就把包东西的牛皮纸折起来，随手把小细绳卷了一个卷。若小细绳上有一个疙瘩，也要随手把它解开的。准备着随时用随时方便。

鲁迅先生住的是大陆新村九号。

一进弄堂口，满地铺着大方块的水门汀，院子里不怎样嘈杂，从这院子出入的有时候是外国人，也能够看到外国小孩在院子里零星地玩着。

鲁迅先生隔壁挂着一块大的牌子，上面写着一个“茶”字。

在一九三五年十月一日。

鲁迅先生的客厅里摆着长桌，长桌是黑色的，油漆不十分新鲜，但也并不破旧，桌上没有铺什么桌布，只在长桌的当心摆着一个绿豆青色的花瓶，花瓶里长着几株大叶子的万年青。围着长桌有七八张木椅子。尤其是在夜里，全弄堂一点什么声音也听不到。

那夜，就和鲁迅先生和许先生一道坐在长桌旁边喝茶的。当夜谈了许多关于伪满洲国的事情从饭后谈起，一直谈到九点钟十点钟而后到十一点钟。

时时想退出来，让鲁迅先生好早点休息，因为我看出来鲁迅先生身体不大好，又加上听许先生说过，鲁迅先生伤风了一个多月，刚好了的。

但鲁迅先生并没有疲倦的样子。虽然客厅里也摆着一张可以卧倒的藤椅，我们劝他几次想让他坐在藤椅上休息一下，但是他没有去，仍旧坐在椅子上。并且还上楼一次，去加穿了一件皮袍子。

那夜鲁迅先生到底讲了些什么，现在记不起来了。也许想起来的不是那夜讲的而是以后讲的也说不定。过了十一点，天就落雨了，雨点淅沥淅沥地打在玻璃窗上，窗子没有窗帘，所以偶一回头，就看到玻璃窗上有小水流往下流。夜已深了，并且落了雨，心里十分着急，几次站起来想要走，但是鲁迅先生和许先生一再说再坐一下：“十二点以前终归有车子可搭的。”所以一直坐到将近十二点，才穿起雨衣来，打开客厅外边的响着的铁门，鲁迅先生非要送到铁门外不可。我想为什么他一定要送呢？对于这样年轻的客人，这样的送是应该的吗？雨不会打湿了头发，受了寒伤风不又要继续下去吗？站在铁门外边，鲁迅先生说，并且指着隔壁那家写着“茶”字的大牌子：“下次来记住这个‘茶’字，就是这个‘茶’的隔壁。”而且伸出手去，几乎是触到了钉在锁门旁边的那个九号的‘九’字，“下次来记住茶的旁边九号。”

于是脚踏着方块的水门汀，走出弄堂来，回过身去往院子里边看了一看，鲁迅先生那一排房子统统是黑洞洞的，若不是告诉的那样清楚，下次来恐怕要记不住的。

鲁迅先生的卧室，一张铁架大床，床顶上遮着许先生亲手做的白布刺花的围子，顺着床的一边折着两床被子，都是很厚的，是花洋布的被面。挨着门口的床头的方面站着抽屉柜。一进门的左手摆着八仙桌，桌子的两旁藤椅各一，立柜站在和方桌一排的墙角，立柜本是挂衣服的，衣裳却很少，都让糖盒子、饼干桶子、瓜子罐给塞满了。有一次 ×× 老板的太太来拿版权的图章花，鲁迅先生就从立柜下边大抽屉里取出的。沿着墙角往窗子那边走，有一张装饰台，桌子上有一个方形的满浮着绿草的玻璃养鱼池，里边游着的不是金鱼而是灰色的扁肚子的小鱼。除了鱼池之外另有一只圆的表，其余那上边满装着书。铁床架靠窗子的那头的书柜里书柜外都是书。最后是鲁迅先生的写字台，那上边也都是书。

鲁迅先生家里，从楼上到楼下，没有一个沙发。鲁迅先生工作时坐的椅子是硬的，到楼下陪客人时坐的椅子又是硬的。

鲁迅先生的写字台面向着窗子，上海弄堂房子的窗子差不多满一面墙那么大，鲁迅先生把它关起来，因为鲁迅先生工作起来有一个习惯，怕吹风，风一吹，纸就动，时时防备着纸跑，文章就写不好。所以屋子里热得和蒸笼似的，请鲁迅先生到楼下去，他又不肯，鲁迅先生的习惯是不换地方。有时太阳照进来，许先生劝他把书桌移开一点都不肯。只有满身流汗。

鲁迅先生的写字桌，铺了张蓝格子的油漆布。四角都用图钉按着。桌子上有小砚台一方，墨一块，毛笔站在笔架上。笔架是烧瓷的，在我看来不很细致，是一个龟，龟背上带着好几个洞，笔就插在那洞里。鲁迅先生多半是用毛笔的，钢笔也不是没有，是放在抽屉里。桌上有一个方大的白瓷的烟灰盒，还有一个茶杯，杯子上戴着盖。

鲁迅先生的习惯与别人不同，写文章用的材料和来信都压在桌子上，把桌子都压得满满的，几乎只有写字的地方可以伸开手，其余桌子的一半被书或纸张占有着。

左手边的桌角上有一个带绿灯罩的台灯，那灯泡是横着装的，在上海那是极普通的台灯。

冬天在楼上吃饭，鲁迅先生自己拉着电线把台灯的机关从棚顶的灯头上拔下，而后装上灯泡子。等饭吃过，许先生再把电线装起来，鲁迅先生的台就是这样做成的，拖着一根长长的电线在棚顶上。

鲁迅先生的文章，多半是在这台灯下写。因为鲁迅先生的工作时间，多半是下半夜一两点起，天将明了休息。

卧室就是如此，墙上挂着海婴公子一个月婴孩的油画像。

挨着卧室的后楼里边，完全是书了，不十分整齐，报纸和杂志或洋装的书，都混在这间屋子里，一走进去多少还有些纸张气味。地板被书遮盖得太小了，几乎没有了，大网篮也堆在书中。墙上拉着一条绳子或者是铁丝，就在那上边系了小提盒、铁丝笼之类。

风干荸荠就盛在铁丝笼，扯着的那铁丝几乎被压断了在弯弯着。一推开藏书室的窗子，窗子外边还挂着一筐风干荸荠。

“吃吧，多得很，风干的，格外甜。”许先生说。

楼下厨房传来了煎菜的锅铲的响声，并且两个年老的娘姨慢重重地在讲一些什么。

厨房是家庭最热闹的一部分。整个三层楼都是静静的，喊娘姨的声音没有，在楼梯上跑来跑去的声音没有。鲁迅先生家里五六间房子只住着五个人，三位是先生的全家，余下的二位是年老的女佣人。

来了客人都是许先生亲自倒茶，即或是麻烦到娘姨时，也是许先生下楼去吩咐，绝没有站到楼梯口就大声呼唤的时候。

所以整个房子都在静悄悄之中。

只有厨房比较热闹了一点，自来水哗哗地流着，洋瓷盆在水门汀的水池子上每拖一下磨着嚓嚓地响，洗米的声音也是嚓嚓的。鲁迅先生很喜欢吃竹笋的，在菜板上切着笋片笋丝时，刀刃每划下去都是很响的。其实比起别人家的厨房来却冷清极了，所以洗米声和切笋声都分开来听得样样清清晰晰。

客厅的一边摆着并排的两个书架，书架是带玻璃橱的，里边有朵斯托益夫斯基的全集和别的外国作家的全集，大半都是日文译本。地板上没有地毯，但擦得非常干净。

海婴公子的玩具橱也站在客厅里，里边是些毛猴子、橡皮人、火车汽车之类，里边装的满满的，别人是数不清的，只有海婴自己伸手到里边找些什么就有什么。过新年时在街上买的兔子灯，纸毛上已经落了灰尘了，仍摆在玩具橱顶上。

客厅只有一个灯头，大概五十烛光。客厅的后门对着上楼的楼梯，前门一打开有一个一方丈大小的花园，花园里没有什么花看，只有一株很高的七八尺高的小树，大概那树是柳桃，一到了春天，喜欢生长蚜虫，忙得许先生拿着喷蚊虫的机器，一边陪着谈话，一边喷着杀虫药水。沿着墙根，种了一排玉米，许先生说："这玉米长不大的，这土是没有养料的，海婴一定要种。"

春天，海婴在花园里掘着泥沙，培植着各种玩艺。

三楼则特别静了，向着太阳开着两扇玻璃门，门外有一个水门汀的突出的小廊子，春天很温暖地抚摸着门口长垂着的帘子，有时帘子被风打得很高，飘扬的饱满的和大鱼泡似的。那时候隔院的绿树照进玻璃门扇里边来了。

海婴坐在地板上装着小工程师在修着一座楼房，他那楼房是用椅子横倒了架起来修的，而后遮起一张被单来算作屋瓦，全个房子在他自己拍着手的赞誉声中完成了。

这间屋感到些空旷和寂寞，既不像女工住的屋子，又不像儿童室。海婴的眠床靠着屋子的一边放着，那大圆顶帐子日里也不打起来，长拖拖地好像从棚顶一直拖到地板上，那床是非常讲究的，属于刻花的木器一类的。许先生讲过，租这房子时，从前一个房客转留下来的。海婴和他的保姆，就睡在五六尺宽的大床上。

冬天烧过的火炉，三月里还冷冰冰地在地板上站着。

海婴不大在三楼上玩的，除了到学校去，就是在院里踏脚踏车，他非常欢喜跑跳，所以厨房、客厅、二楼，他是无处不跑的。

三楼整天在高处空着，三楼的后楼住着另一个老女工，一天很少上楼来，所以楼梯擦过之后，一天到晚干净得溜明。

一九三六年三月里鲁迅先生病了，靠在二楼的躺椅上，心脏跳动得比平日厉害，脸色微灰了一点。

许先生正相反的，脸色是红的，眼睛显得大了，讲话的声音是平静的，态度并没有比平日慌张。在楼下一走进客厅来许先生就告诉说："周先生病了，气喘……喘得厉害，在楼上靠在躺椅上。"

鲁迅先生呼喘的声音，不用走到他的旁边，一进了卧室就听得到的。鼻子和胡须在扇着，胸部一起一落。眼睛闭着，差不多永久不离开手的纸烟，也放弃了。藤椅后边靠着枕头，鲁迅先生的头有些向后，两只手空闲地垂着。眉头仍和平日一样没有聚皱，脸上是平静的，舒展的，似乎并没有任何痛苦加在身上。

"来了吧？"鲁迅先生睁一睁眼睛，"不小心，着了凉呼吸困难……到藏书的房子去翻一翻书……那房子因为没有人住，特别凉……回来就……"先生看周先生说话吃力，赶紧接着说周先生是怎样气喘的。

医生看过了，吃了药，但喘并未停。下午医生又来过，刚刚走。

卧室在黄昏里边一点一点地暗下去，外边起了一点小风，隔院的树被风摇着发响。

别人家的窗子有的被风打着发出自动关开的响声，家家的流水道都是哗啦哗啦地响着水声，一定是晚餐之后洗着杯盘的剩水。晚餐后该散步的散步去了，该会朋友的会友去了，弄堂里来去的稀疏不断地走着人，而娘姨们还没有解掉围裙呢，就依着后门彼此搭讪起来。小孩子们三五一伙前门后门地跑着，弄堂外汽车穿来穿去。

鲁迅先生坐在躺椅上，沉静地，不动地阖着眼睛，略微灰了的脸色被炉里的火染红了一点。纸烟听子蹲在书桌上，盖着盖子，茶杯也蹲在桌子上。

许先生轻轻地在楼梯上走着，许先生一到楼下去，二楼就只剩了鲁迅先生一个人坐在椅子上，呼喘把鲁迅先生的胸部有规律性地抬得高高的。

“鲁迅先生必得休息的，”须藤医生这样说的。可是鲁迅先生从此不但没有休息，并且脑子里所想的更多了，要做的事情都像非立刻就做不可，校《海上述林》的校样，印珂勒惠支的画，翻译《死魂灵》下部，刚好了，这些就都一起开始了，还计算着出三十年集（即《鲁迅全集》）。

鲁迅先生感到自己的身体不好，就更没有时间注意身体，所以要多做，赶快做。当时大家不解其中的意思，都以为鲁迅先生不加以休息不以为然，后来读了鲁迅先生《死》的那篇文章才了然了。

鲁迅先生知道自己的健康不成了，工作的时间没有几年了，死了是不要紧的，只要留给人类更多，鲁迅先生就是这样。

不久书桌上德文字典和日文字典都摆起来了，果戈里的《死魂灵》，又开始翻译了。

鲁迅先生的身体不大好，容易伤风，伤风之后，照常要陪客人，回信，校稿子。所以伤风之后总要拖下去一个月或半个月的。

瞿秋白的《海上述林》校样，一九三五年冬，一九三六年的春天，鲁迅先生不断地校着，几十万字的校样，要看三遍，而印刷所送校样来总是十页八页的，并不是统统一道地送来，所以鲁迅先生不断地被这校样催索着，鲁迅先生竟说：“看吧，一边陪着你们谈话，一边看校样，眼睛可以看，耳朵可以听……”

有时客人来了，一边说着笑话，鲁迅先生一边放下了笔。

有的时候也说："几个字了……请坐一坐……"

一九三五年冬天许先生说："周先生的身体是不如从前了。"

有一次鲁迅先生到饭馆里去请客，来的时候兴致很好，还记得那次吃了一只烤鸭子，整个的鸭子用大钢叉子叉上来时，大家看这鸭子烤得又油又亮的，鲁迅先生也笑了。

菜刚上满了，鲁迅先生就到躺椅上吸一支烟，并且阖一阖眼睛。一吃完了饭，有的喝了酒的，大家都闹乱了起来，彼此抢着苹果，彼此讽刺着玩，说着一些人可笑的话。

而鲁迅先生这时候，坐在躺椅上，阖着眼睛，很庄严地在沉默着，让拿在手上纸烟的烟丝，袅袅地上升着。

别人以为鲁迅先生也是喝多了酒吧!

许先生说，并不的。

"周先生的身体是不如从前了，吃过了饭总要闭一闭眼睛稍微休息一下，从前一向没有这习惯。"

周先生从椅子上站起来了，大概说他喝多了酒的话让他听到了。

"我不多喝酒的。小的时候，母亲常提到父亲喝了酒，脾气怎样坏，母亲说，长大了不要喝酒，不要像父亲那样子……所以我不多喝的……从来没喝醉过……"

鲁迅先生休息好了，换了一支烟，站起来也去拿苹果吃，可是苹果没有了。鲁迅先生说："我争不过你们了，苹果让你们抢没了。"有人抢到手的还在保存着的苹果，奉献出来，鲁迅先生没有吃，只在吸烟。

一九三六年春，鲁迅先生的身体不大好，但没有什么病，吃过了夜饭，坐在躺椅上，总要闭一闭眼睛沉静一会。

许先生对我说，周先生在北平时，有时开着玩笑，手按着桌子一跃就能够跃过去，而近年来没有这么做过。大概没有以前那么灵便了。

这话许先生和我是私下讲的：鲁迅先生没有听见，仍靠在躺椅上沉默着呢。

许先生开了火炉门，装着煤炭哗哗地响，把鲁迅先生震醒了。一讲起话来鲁迅先生的精神又照常一样。

鲁迅先生睡在二楼的床上已经一个多月了，气喘虽然停止。但每天发热，尤其是在下午热度总在三十八度三十九度之间，有时也到三十九度多，那时鲁迅先生的脸是微红的，目力是疲弱的，不吃东西，不大多睡，没有一些呻吟，似乎全身都没有什么痛楚的地方。躺在床上的时候张开眼睛看着，有的时候似睡非睡的安静地躺着，茶吃得很少。

差不多一刻也不停地吸烟，而今几乎完全放弃了，纸烟听子不放在床边，而仍很远地蹲在书桌上，若想吸一支，是请许先生付给的。

许先生从鲁迅先生病起，更过度地忙了。按着时间给鲁迅先生吃药，按着时间给鲁迅先生试温度表，试过了之后还要把一张医生发给的表格填好，那表格是一张硬纸，上面画了无数根线，许先生就在这张纸上拿着米度尺画度数，那表画得和尖尖的小山丘似的，又像尖尖的水晶石，高的低的一排连地站着。许先生虽每天画，但那像是一条接连不断的线，不过从低处到高处，从高处到低处，这高峰越高越不好，也就是鲁迅先生的热度越高了。

来看鲁迅先生的人，多半都不到楼上来了，为的请鲁迅先生好好地静养，所以把客人这些事也推到许先生身上来了。还有书、报、信，都要许先生看过，必要的就告诉鲁迅先生，不十分必要的，就先把它放在一处放一放，等鲁迅先生好些了再取出来交给他。

然而这家庭里边还有许多琐事，比方年老的娘姨病了，要请两天假；海婴的牙齿脱掉一个要到牙医那里去看过，但是带他去的人没有，又得许先生。海婴在幼稚园里读书，又是买铅笔，买皮球，还有临时出些个花头，跑上楼来了，说要吃什么花生糖，什么牛奶糖，他上楼来是一边跑着一边喊着，许先生连忙拉住了他，拉他下了楼才跟他讲：“爸爸病啦，”而后拿出钱来，嘱咐好了娘姨，只买几块糖而不准让他格外地多买。

收电灯费的来了，在楼下一打门，许先生就得赶快往楼下跑，怕的是再多打几下，就要惊醒了鲁迅先生。

海婴最喜欢听讲故事，这也是无限的麻烦，许先生除了陪海婴讲故事之外，还要在长桌上偷一点工夫来看鲁迅先生为有病耽搁下来尚未校完的校样。

在这期间，许先生比鲁迅先生更要担当一切了。

鲁迅先生吃饭，是在楼上单开一桌，那仅仅是一个方木桌，许先生每餐亲手端到楼上去，每样都用小吃碟盛着，那小吃碟直径不过二寸，一碟豌豆苗或菠菜或苋菜，把黄花鱼或者鸡之类也放在小碟里端上楼去。若是鸡，那鸡也是全鸡身上最好的一块地方拣下来的肉；若是鱼，也是鱼身上最好一部分，许先生才把它拣下放在小碟里。

许先生用筷子来回地翻着楼下的饭桌上菜碗里的东西，菜拣嫩的，不要茎，只要叶，鱼肉之类，拣烧得软的，没有骨头没有刺的。

心里存着无限的期望，无限的要求，用了比祈祷更虔诚的目光，许先生看着她自己手里选得精精致致的菜盘子，而后脚板触了楼梯上了楼。

希望鲁迅先生多吃一口，多动一动筷，多喝一口鸡汤。鸡汤和牛奶是医生所嘱的，一定要多吃一些的。

把饭送上去，有时许先生陪在旁边，有时走下楼来又做些别的事，半个钟头之后，到楼上去取这盘子。这盘子装得满满的，有时竟照原样一动也没有动又端下来了，这时候许先生的眉头微微地皱了一点。旁边若有什么朋友，许先生就说："周先生的热度高，什么也吃不落，连茶也不愿意吃，人很苦，人很吃力。"

有一天许先生用波浪式的专门切面包的刀切着面包，是在客厅后边方桌上切的，许先生一边切着一边对我说："劝周先生多吃东西，周先生说，人好了再保养，现在勉强吃也是没有用的。"

许先生接着似乎问着我：“这也是对的？”

而后把牛奶面包送上楼去了。一碗烧好的鸡汤，从方盘里许先生把它端出来了，就摆在客厅后的方桌上。许先生上楼去了，那碗热的鸡汤在方桌上自己悠然地冒着热气。

许先生由楼上回来还说呢：“周先生平常就不喜欢吃汤之类，在病里，更勉强不下了。”

许先生似乎安慰着自己似的。

“周先生人强，喜欢吃硬的，油炸的，就是吃饭也喜欢吃硬饭……”

许先生楼上楼下地跑，呼吸有些不平静，坐在她旁边，似乎可以听到她心脏的跳动。

鲁迅先生开始独桌吃饭以后，客人多半不上楼来了，经许先生婉言把鲁迅先生健康的经过报告了之后就走了。

鲁迅先生在楼上一天一天地睡下去，睡了许多日子，都寂寞了，有时大概热度低了点就问许先生：“什么人来过吗？”

看鲁迅先生好些，就一一地报告过。

有时也问到有什么刊物来吗？

鲁迅先生病了一个多月了。

证明了鲁迅先生是肺病，并且是肋膜炎，须藤老医生每天来了，为鲁迅先生把肋膜积水用打针的方法抽净，共抽过两三次。

这样的病，为什么鲁迅先生一点也不晓得呢？许先生说，周先生有时觉得肋痛了就自己忍着不说，所以连许先生也不知道，鲁迅先生怕别人晓得了又要不放心，又要看医生，医生一定又要说休息。鲁迅先生自己知道做不到的。

福民医院美国医生的检查，说鲁迅先生肺病已经二十年了。这次发了怕是很严重。

医生规定个日子，请鲁迅先生到福民医院去详细检查，要照 X 光的。但鲁迅先生当时就下楼是下不得的，又过了许多天，鲁迅先生到福民医院去检查病去了。照 X 光后给鲁迅先生照了一个全部的肺部的照片。

这照片取来的那天许先生在楼下给大家看了，右肺的上尖是黑的，中部也黑了一块，左肺的下半部都不大好，而沿着左肺的边边黑了一大圈。

这之后，鲁迅先生的热度仍高，若再这样热度不退，就很难抵抗了。

那查病的美国医生，只查病，而不给药吃，他相信药是没有用的。

须藤老医生，鲁迅先生早就认识，所以每天来，他给鲁迅先生吃了些退热药，还吃停止肺病菌活动的药。他说若肺不再坏下去，就停止在这里，热自然就退了，人是不危险的。

在楼下的客厅里，许先生哭了。许先生手里拿着一团毛线，那是海婴的毛线衣拆了洗过之后又团起来的。

鲁迅先生在无欲望状态中，什么也不吃，什么也不想，睡觉似睡非睡的。

天气热起来了，客厅的门窗都打开着，阳光跳跃在门外的花园里。麻雀来了停在夹竹桃上叫了三两声就飞去，院子里的小孩们唧唧喳喳地玩耍着，风吹进来好像带着热气，扑到人的身上，天气刚刚发芽的春天，变为夏天了。

楼上老医生和鲁迅先生谈话的声音隐约可以听到。

楼下又来客人，来的人总要问："周先生好一点吗？"

许先生照常说："还是那样子。"

但今天说了眼泪又流了满脸。一边拿起杯子来给客人倒茶，一边用左手拿着手帕按着鼻子。

客人问："周先生又不大好吗？"

许先生说："没有的，是我心窄。"

过了一会鲁迅先生要找什么东西，喊许先生上楼去，许先生连忙擦着眼睛，想说她不上楼的，但左右看了一看，没有人能代替了她，于是带着她那团还没有缠完的毛线球上楼去了。

楼上坐着老医生，还有两位探望鲁迅先生的客人。许先生一看了他们就自己低了头不好意思地笑了，她不敢到鲁迅先生的面前去，背转着身问鲁迅先生要什么呢，而后又是慌忙地把线缕挂在手上缠了起来。

一直到送老医生下楼，许先生都是把背向着鲁迅先生而站着的。

每次老医生走，许先生都是替老医生提着皮提包送到前门外的。许先生愉快地、沉静地带着笑容打开铁门闩，很恭敬地把皮包交给老医生，眼看着老医生走了才进来关了门。

这老医生出入在鲁迅先生的家里，连老娘姨对他都是尊敬的，医生从楼上下来时，娘姨若在楼梯的半道，赶快下来躲开，站到楼梯的旁边。有一天老娘姨端着一个杯子上楼，楼上医生和许先生一道下来了，那老娘姨躲闪不灵，急得把杯里的茶都颠出来了。

等医生走过去，已经走出了前门，老娘姨还在那里呆呆地望着。

“周先生好了点吧？”

有一天许先生不在家，我问着老娘姨。她说：“谁晓得，医生天天看过了不声不响地就走了。”

可见老娘姨对医生每天是怀着期望的眼光看着他的。

许先生很镇静，没有紊乱的神色，虽然说那天当着人哭过一次，但该做什么，仍是做什么，毛线该洗的已经洗了，晒的已经晒起，晒干了的随手就把它团起团子。

“海婴的毛线衣，每年拆一次，洗过之后再重打起，人一年一年地长，衣裳一年穿过，一年就小了。”

在楼下陪着熟的客人，一边谈着，一边开始手里动着竹针。

这种事情许先生是偷空就做的，夏天就开始预备着冬天的，冬天就做夏天的。

许先生自己常常说：“我是无事忙。”

这话很客气，但忙是真的，每一餐饭，都好像没有安静地吃过。海婴一会要这个，要那个；若一有客人，上街临时买菜，下厨房煎炒还不说，就是摆到桌子上来，还要从菜碗里为着客人选好的夹过去。饭后又是吃水果，若吃苹果还要把皮削掉，若吃荸荠看客人削得慢而不好也要削了送给客人吃，那时鲁迅先生还没有生病。

许先生除了打毛线衣之外，还用机器缝衣裳，剪裁了许多件海婴的内衫裤在窗下缝。

因此许先生对自己忽略了，每天上下楼跑着，所穿的衣裳都是旧的，次数洗得太多，纽扣都洗脱了，也磨破了，都是几年前的旧衣裳，春天时许先生穿了一个紫红宁绸袍子，那料子是海婴在婴孩时候别人送给海婴做被子的礼物。做被子，许先生说很可惜，就拣起来做一件袍子。正说着，海婴来了，许先生使眼神，且不要提到，若提到海婴又要麻烦起来了，一要说是他的，他就要要。

许先生冬天穿一双大棉鞋，是她自己做的。一直到二三月早晚冷时还穿着。

有一次我和许先生在小花园里拍一张照片，许先生说她的纽扣掉了，还拉着我站在她前边遮着她。

许先生买东西也总是到便宜的店铺去买，再不然，到减价的地方去买。

处处俭省，把俭省下来的钱，都印了书和印了画。

现在许先生在窗下缝着衣裳，机器声格哒格哒的，震着玻璃门有些颤抖。

窗外的黄昏，窗内许先生低着的头，楼上鲁迅先生的咳嗽声，都搅混在一起了，重续着、埋藏着力量。在痛苦中，在悲哀中，一种对于生的强烈的愿望站得和强烈的火焰那样坚定。

许先生的手指把捉了在缝的那张布片，头有时随着机器的力量低沉了一两下。

许先生的面容是宁静的、庄严的、没有恐惧的，她坦荡地在使用着机器。

海婴在玩着一大堆黄色的小药瓶，用一个纸盒子盛着，端起来楼上楼下地跑。向着阳光照是金色的，平放着是咖啡色的，他招集了小朋友来，他向他们展览，向他们夸耀，这种玩艺只有他有而别人不能有。他说："这是爸爸打药针的药瓶，你们有吗？"

别人不能有，于是他拍着手骄傲地呼叫起来。

许先生一边招呼着他，不叫他喊，一边下楼来了。

"周先生好了些？"

见了许先生大家都是这样问的。

"还是那样子，"许先生说，随手抓起一个海婴的药瓶来："这不是么，这许多瓶子，每天打针，药瓶也积了一大堆。"

许先生一拿起那药瓶，海婴上来就要过去，很宝贵地赶快把那小瓶摆到纸盒里。

在长桌上摆着许先生自己亲手做的蒙着茶壶的棉罩子，从那蓝缎子的花罩下拿着茶壶倒着茶。

楼上楼下都是静的了，只有海婴快活地和小朋友们的吵嚷躲在太阳里跳荡。

海婴每晚临睡时必向爸爸妈妈说："明朝会！"

有一天他站在上三楼去的楼梯口上喊着："爸爸，明朝会！"

鲁迅先生那时正病得沉重，喉咙里边似乎有痰，那回答的声音很小，海婴没有听到，于是他又喊："爸爸，明朝会！"他等一等，听不到回答的声音，他就大声地连串地喊起来："爸爸，明朝会，爸爸，明朝会，……爸爸，明朝会……"

他的保姆在前边往楼上拖他，说是爸爸睡下了，不要喊了。可是他怎么能够听呢，仍旧喊。

这时鲁迅先生说"明朝会"，还没有说出来喉咙里边就像有东西在那里堵塞着，声音无论如何放不大。到后来，鲁迅先生挣扎着把头抬起来才很大声地说出："明朝会，明朝会。"

说完了就咳嗽起来。

许先生被惊动得从楼下跑来了，不住地训斥着海婴。

海婴一边哭着一边上楼去了，嘴里唠叨着："爸爸是个聋人哪！"

鲁迅先生没有听到海婴的话，还在那里咳嗽着。

鲁迅先生在四月里，曾经好了一点，有一天下楼去赴一个约会，把衣裳穿得整整齐齐，手下夹着黑花布包袱，戴起帽子来，出门就走。

许先生在楼下正陪客人，看鲁迅先生下来了，赶快说："走不得吧，还是坐车子去吧。"

鲁迅先生说："不要紧，走得动的。"

许先生再加以劝说，又去拿零钱给鲁迅先生带着。

鲁迅先生说不要不要，坚决地走了。

"鲁迅先生的脾气很刚强。"

许先生无可奈何地，只说了这一句。

鲁迅先生晚上回来，热度增高了。

鲁迅先生说："坐车子实在麻烦，没有几步路，一走就到。还有，好久不出去，愿意走走……动一动就出毛病……还是动不得……"

病压服着鲁迅先生又躺下了。

七月里，鲁迅先生又好些。

药每天吃，记温度的表格照例每天好几次在那里画，老医生还是照常地来，说鲁迅先生就要好起来了。说肺部的菌已经停止了一大半，肋膜也好了。

客人来差不多都要到楼上来拜望拜望。鲁迅先生带着久病初愈的心情，又谈起话来，披了一张毛巾子坐在躺椅上，纸烟又拿在手里了，又谈翻译，又谈某刊物。

一个月没有上楼去，忽然上楼还有些心不安，我一进卧室的门，觉得站也没地方站，坐也不知坐在哪里。

许先生让我吃茶，我就依着桌子边站着。好像没有看见那茶杯似的。

鲁迅先生大概看出我的不安来了，便说："人瘦了，这样瘦是不成的，要多吃点。"

鲁迅先生又在说玩笑话了。

"多吃就胖了，那么周先生为什么不多吃点？"

鲁迅先生听了这话就笑了，笑声是明朗的。

从七月以后鲁迅先生一天天地好起来了，牛奶、鸡汤之类，为了医生所嘱也隔三差五地吃着，人虽是瘦了，但精神是好的。

鲁迅先生说自己体质的本质是好的，若差一点的，就让病打倒了。

这一次鲁迅先生保持了很长时间，没有下楼更没有到外边去过。

在病中，鲁迅先生不看报，不看书，只是安静地躺着。但有一张小画是鲁迅先生放在床边上不断看着的。

那张画，鲁迅先生未生病时，和许多画一道拿给大家看过的，小得和纸烟包里抽出来的那画片差不多。那上边画着一个穿大长裙子飞散着头发的女人在大风里边跑，在她旁边的地面上还有小小的红玫瑰的花朵。

记得是一张苏联某画家着色的木刻。

鲁迅先生有很多画，为什么只选了这张放在枕边。

许先生告诉我的，她也不知道鲁迅先生为什么常常看这小画。

有人来问他这样那样的，他说："你们自己学着做，若没有我呢！"

这一次鲁迅先生好了。

还有一样不同的，觉得做事要多做……

鲁迅先生以为自己好了，别人也以为鲁迅先生好了。

准备冬天要庆祝鲁迅先生工作三十年。

又过了三个月。

一九三六年十月十七日，鲁迅先生病又发了，又是气喘。

十七日，一夜未眠。

十八日，终日喘着。

十九日的下半夜，人衰弱到极点了。天将发白时，鲁迅先生就像他平日一样，工作完了，他休息了。

出 版 说 明

意大利文学家卡尔维诺说：经典是那些正在重读的书，经典是常谈常新的书。为了给青少年朋友提供一个方便阅读的版本，本套书在保持经典著作原貌的基础上，编者参考了多个版本，对照原文，重新做了校订，主要校对原则如下：

一、旧时的习惯用法，如做、作、的、地、底、见等，根据现行语言文字规范加以改正。

二、对外国地名、人名等，如马尔图斯改为马尔萨斯、亚剌伯改为阿拉伯、丹德改为但丁、米仡朗其罗改为米开朗基罗等，一般都改为现代的通用法。

三、对民国时期的一些用语、地名，如海甸等，基本上予以保留。

不断去尝试，不断去改变，总有一天，你会遇见更好的自己。